코뿔소

Rhinocéros

RHINOCÉROS
by Eugène Ionesco

세계문학전집 422

코뿔소

Rhinocéros

외젠 이오네스코

박형섭 옮김

민음사

준비에브 세로와 테오도르 프랭켈 박사에게

차례

등장인물

(무대에 입장하는 순서에 따라)

주부	1막
가게 여주인	1막
장	1막, 2막 2장
베랑제	1막, 2막 1장, 2막 2장, 3막
카페 여종업원	1막
가게 주인	1막
논리학자	1막
노신사	1막
카페 주인	1막
데이지	1막, 2막 1장, 3막
파피용	2막 1장
뒤다르	2막 1장, 3막
보타르	2막 1장
뵈프 부인	2막 1장
소방수	2막 1장
노인	2막 2장
노파	2막 2장

코뿔소의 머리들

1막

무대 장치

어느 지방의 작은 도시에 있는 광장. 무대 안쪽에 이층 건물. 아래층엔 식료품 가게의 진열대가 있다. 가게는 두세 개의 계단이 있는 유리문으로 출입하게 되어 있다. 진열대 위쪽엔 눈에 띄게 '식료품 가게'라는 간판이 달려 있다. 가게 주인들은 두 개의 창문이 있는 2층에 거주한다. 식료품 가게의 위치는 무대 안쪽, 약간 왼쪽에 치우쳐 있다. 무대 뒤편과 멀지 않다. 가게 위로 멀리 교회 종탑이 보이며, 오른쪽으로 작은 길이 나 있다. 오른쪽에 비스듬히 카페 정면이 보인다. 카페 위층엔 창문이 있다. 카페테라스에 탁자와 의자 들이 늘어서 있는데, 무대 중앙까지 나와 있다. 테라스의 의자들 옆에 먼지가 자욱한 나무 한 그루가 있다. 하늘이 맑은 화창한 날씨다. 하얀색 벽. 때는 어느 여름, 일요일 정오 무렵. 잠시 후, 장과 베랑제가 카페

테라스의 의자에 와 앉을 것이다.

막이 오르기 전, 종이 울린다. 종소리는 막이 오른 다음에도 얼마
간 지속된다. 막이 오르자 한쪽 팔엔 장바구니를, 다른 팔엔 고양이
를 안은 주부가 말없이 오른쪽에서 왼쪽으로 무대를 가로지른다. 그
여자가 지나가자 가게 여주인이 문을 열고 그녀를 바라본다.

가게 여주인   아니, 저 여자가! (가게 안에 있는 남편에게) 아, 저
여자, 저 여자 거만 떠는 것 좀 봐요. 우리 가게에
선 도대체 물건 살 생각이 없나 봐요.
(여주인이 안으로 들어가자, 무대는 잠시 텅 빈다. 거
의 동시에 무대 오른쪽에서 장이, 왼쪽에서 베랑제가
나타난다. 장은 산뜻한 정장 차림이다. 그는 밤색 양복
에 붉은 넥타이, 빳빳이 세운 칼라에 밤색 모자를 쓰
고 있다. 얼굴엔 약간 홍조를 띠고 있으며, 노란색 구
두는 광택으로 반짝인다. 이와 대조적으로 베랑제는
면도하지 않은 얼굴에 헝클어진 머리, 모자도 쓰지 않
았다. 그는 구겨진 옷을 입고 있다. 베랑제는 모든 게
귀찮고 피곤한 듯하다. 아직도 잠에서 덜 깬 듯, 이따
금 하품을 한다.)

장   (오른쪽에서 나오며) 아, 베랑제, 지금 오는군.
베랑제   (왼쪽에서 나오며) 잘 있었나, 장.
장   자네 오늘도 늦게 나타나는군! (손목시계를 보며)
11시 30분에 약속했는데, 벌써 정오가 다 됐어.

14

베랑제	미안해. 오래 기다렸나?
장	아니. 나 역시 방금 도착했어.
	(두 사람은 카페테라스의 의자를 향해 간다.)
베랑제	자네가 방금 도착했다니…… 미안함이 좀 덜하군.
장	아냐, 난, 자네와 달라. 기다리는 건 질색이야. 쓸데없이 낭비할 시간이 없다고. 자네가 제시간에 오지 않으니 일부러 늦게 온 거야. 자네의 도착 시간에 맞춰서 말이야.
베랑제	아, 그래…… 자네가 옳군……. 하지만…….
장	아니, 자네가 약속 시간을 지켰다고 주장할 셈인가!
베랑제	물론…… 그렇게 말하려는 건 아냐.
	(장과 베랑제는 의자에 앉는다.)
장	하기야 그럴 테지.
베랑제	뭐 마실래?
장	자네, 아침부터 마실 셈인가?
베랑제	날씨가 너무 덥고, 건조해서 말이지.
장	마시면 마실수록 갈증이 나는 법이야. 과학의 보편적 원리라고나 할까.
베랑제	그놈의 과학으로 하늘에 구름을 만들어 낼 수만 있다면 얼마나 좋을까. 갈증도 가시고, 건조한 날씨도 사라질 텐데 말이야…….
장	(베랑제를 살펴보며) 그건 자네와 무관한 일이야. 이봐, 베랑제, 자네의 갈증은 물 때문이 아니라

고……

베랑제   아니, 그게 무슨 뜻인가?

장   무슨 뜻인지 몰라서 묻나? 자네의 갈증에 대해
말하고 있어. 그건 마치 탐욕스러운 대지(大地)와
같단 말이야.

베랑제   무슨 그런 비유를…….

장   (베랑제의 말을 가로막으며) 자네 모습이 말이 아냐,
처참할 지경이라고.

베랑제   처참하다고?

장   내 눈 멀쩡하네. 자넨 지금 지쳐 있어. 잠을 설쳤
는지 계속 하품만 하고 말이야, 무척 졸린 표정이
라고…….

베랑제   술을 마셔서 그런지 머리가 좀 아파.

장   아이고, 이 술 냄새!

베랑제   입안이 컬컬하고, 몹시 갈증이 나는군.

장   일요일 아침마다 그 모양이군. 하기야 평일도 별
로 다를 건 없지만 말이야.

베랑제   아니야! 평일은 그렇지 않아. 근무 때문에 마실
수 없어……. 덜 마신다고…….

장   넥타이는 어쨌어? 술기운에 어디 떨구고 왔나?

베랑제   (손으로 목을 만지며) 어, 정말 그렇군. 모르겠어. 어
떻게 이럴 수가 있지?

장   (저고리 주머니에서 넥타이를 꺼내며) 자, 이걸 매.

베랑제   아, 고마워. 정말 친절하군.

(베랑제는 넥타이를 맨다.)

장 　(베랑제가 즐거운 표정으로 넥타이를 매는 동안) 머리
　　도 엉망이로군! (베랑제는 손으로 머리를 쓰다듬는
　　다.) 자, 여기 빗이 있어!

　　(장은 저고리의 다른 호주머니에서 빗을 꺼낸다.)

베랑제 　(빗을 받으며) 고마워.

　　(그는 대충 머리를 빗는다.)

장 　면도도 안 했군! 얼굴 좀 들여다봐.

　　(그는 저고리 안주머니에서 거울을 꺼내, 베랑제에게
　　건네준다. 베랑제는 거울을 들여다보다 혀를 내밀어
　　유심히 살핀다.)

베랑제 　혀에 백태가 꼈군.

장 　(거울을 돌려받아 주머니에 넣으며) 놀라운 일이 아
　　니야! (역시 베랑제가 돌려주는 빗을 받아 주머니에
　　넣는다.) 간이 악화되고 있다는 징조지.

베랑제 　(불안한 표정으로) 아니, 그게 정말인가?

장 　(넥타이를 돌려주는 베랑제에게) 자네 가져. 난 다른
　　게 있어.

베랑제 　(경탄하며) 자네 정말 준비가 철저하군.

장 　(계속 베랑제를 관찰하며) 옷차림이 말이 아니야,
　　엉망으로 꾸겨졌어. 셔츠에 낀 때 좀 보게, 혐오감
　　을 줄 정도야. 구두도 역시…… (베랑제는 탁자 밑
　　으로 발을 숨긴다.) 약칠 좀 하게……. 정말 한심하
　　군! 이 어깨 좀 봐…….

베랑제   어깨가 어때서?

장   뒤로 돌아 봐. 자, 어서. 벽에 기댔었군……. (베랑
제는 힘없이 장에게 손을 내민다.) 솔? 솔은 가지고
다니지 않아. 그건 주머니를 볼록 튀어나오게 하
지. (맥 빠진 듯, 베랑제는 양어깨의 먼지를 털려고 손
으로 툭툭 친다.) 원, 저런……! 도대체 어디서 그런
먼지를 묻혔나?

베랑제   난, 도무지 기억에 없어…….

장   한심하군, 한심해! 자네가 내 친구라니 정말 부끄
러워.

베랑제   무슨 말을 그리 거칠게 하나…….

장   누구든 나와 같은 느낌일 걸세!

베랑제   장, 내 말 좀 들어 봐. 난 이런 도시 생활에 도대
체 기분이 나질 않아. 너무 지겨워. 뭐 일하기 위
해 태어났나…… 매일 여덟 시간씩 사무실에 틀
어박혀 일이나 하게……. 그리고 겨우 삼 주면 끝
나는 여름 바캉스! 그래서 토요일마다 기분을 좀
풀어 볼까 하는데, 그것조차 피곤할 지경이야, 내
말 알아듣겠나…….

장   이보게 베랑제, 누구나 다 마찬가지야……. 나 역
시 다른 사람들과 똑같이 사무실에서 하루 여덟
시간씩 일하고 있어. 물론 휴가도 일 년에 삼 주뿐
이지. 그렇지만 날 좀 보게. 얼마나 의욕적인가!

베랑제   아! 의욕이라. 하지만 누구나 다 자네처럼 의욕적

이지는 않아. 특히 난, 그것에 익숙하지 않다고. 삶 그 자체에 익숙하지 않단 말이야!

장　누구든 삶에 적응할 수 있는 법이네. 자넨 뭐가 그리 유별나단 말인가?

베랑제　아니, 그렇다는 게 아니고…….

장　(말을 가로막으며) 자네나 나나 똑같아. 솔직히 말해, 내가 자네보다 좀 낫긴 하지만 말이야. 우월한 인간이란 자기의 의무를 다하는 법이니깐.

베랑제　어떤 의무?

장　자기가 해야 할 의무…….. 가령 직장인이면 직장인의 의무 같은 거…….

베랑제　아, 그래. 직장인의 의무…….

장　도대체 어젯밤엔 어디서 술을 마신 거야? 어딘지 기억나?

베랑제　오귀스트의 생일잔치가 있었어. 왜, 우리들의 친구 있잖아…….

장　우리들의 친구, 오귀스트라고? 나는, 그의 생일잔치에 초대받지 않았는데……. 우리들의 친구라니…….

（이때 멀리서 매우 빠르게 다가오는 야수의 숨소리가 들린다. 야수의 숨소리는 긴 울음소리와도 같으며, 급히 질주해 오는 듯하다.）

베랑제　그의 초대에 응하지 않을 수 없었어. 그건 예의가 아니니까…….

장　　　그럼, 난? 거기 가지 않은 난, 뭐지?

베랑제　　자네야, 뭐 초대받지 않았으니까…….

카페 여종업원　　(카페에서 나오며) 안녕하세요. 뭘 드시겠어요?

　　　　　　(야수의 울음소리가 점점 강해진다.)

장　　　(야수의 울음소리를 의도적으로 못 들은 체하며, 야수
　　　　　보다 큰 소리로 고함을 지른다. 베랑제가 알아들을 수
　　　　　있도록.) 그래, 난 초대받지 않았어. 그런 영광이
　　　　　내겐 베풀어지지 않았지……. 하지만 분명히 말
　　　　　하는데, 초대를 받았다 해도 난 안 갔을 거야. 왜
　　　　　냐하면…… (야수의 울음소리가 엄청나다.) 아니 이
　　　　　게 무슨 소리지? (거대한 야수의 힘찬 발굽 소리가
　　　　　들린다. 야수의 숨소리는 거칠고, 매우 빠르게 다가온
　　　　　다.) 도대체 무슨 일이야?

카페 여종업원　　무슨 일이죠?

　　　　　　(베랑제는 아무 소리도 못 들은 듯, 무관심한 채로 있
　　　　　다. 그는 계속 침착하게 초대 건에 대해 말한다. 그의 입
　　　　　술은 뭔가 말하는 듯 움직이지만 무슨 말인지 알아들
　　　　　을 수 없다. 장은 벌떡 일어난다. 그때 의자가 쓰러진다.
　　　　　그는 손가락으로 무대 왼쪽 뒤편을 가리키며 바라본다.
　　　　　하지만 베랑제는 여전히 나른한 태도로 앉아 있다.)

장　　　앗! 코뿔소다! (야수로 인해 발생한 소음들은 비슷한
　　　　　속도로 차츰 멀어진다. 그러자 서서히 대화들이 들리
　　　　　기 시작한다. 무대의 상황은 전반적으로 매우 빠르고,
　　　　　반복적으로 진행된다.) 앗! 코뿔소다!

카페 여종업원   앗! 코뿔소다!

가게 여주인   (가게 문에서 고개 내밀며) 앗! 코뿔소다! (가게 안
에 있는 남편을 향해) 이리 좀 와 봐요. 코뿔소예요.
(모든 사람들의 시선이 야수가 질주하는 왼쪽 방향을
향하고 있다.)

장   아, 저놈이 가게 쪽으로 돌진하고 있어. 진열대를
스치고 지나가는군!

가게 주인   (가게 안에서) 어디 있어?

카페 여종업원   (허리에 손을 얹고) 아, 저런!

가게 여주인   (여전히 가게 안에 있는 남편에게) 이리 좀 와 보라
니까요!

(그제야 가게 주인이 얼굴을 드러낸다.)

가게 주인   (고개를 내밀고) 앗! 코뿔소다!

논리학자   (무대 왼쪽에서 급히 나오며) 코뿔소 한 마리가 전
속력으로 맞은편 길을 향해 달려가고 있습니다.
(장이 "앗! 코뿔소다!"라고 말하자, 그 후 이어지는 모
든 응답구들은 거의 동시에 말해진다. 여자의 "앗!" 하
는 비명 소리가 들린다. 그녀가 나타난다. 그녀는 무대
중앙으로 달려 나온다. 팔에 장바구니를 끼고 있던 바
로 그 주부다. 그녀는 무대 중앙에 도착하기가 무섭게
장바구니를 떨어뜨린다. 쇼핑한 물건들이 무대에 흩어
진다. 병 하나가 깨진다. 그러나 다른 팔에 안은 고양
이는 놓치지 않으려고 필사적으로 붙들고 있다.)

주부   앗! 이런!

(주부에 이어, 왼쪽에서 등장한 점잖은 노신사가 갑자기 가게로 달려가, 주인 부부를 떼밀고 안으로 들어간다. 한편 논리학자는 가게 왼편에 있는 무대 안쪽 벽에 등을 기댄 채 꿈쩍 않고 있다. 장과 카페 여종업원은 멍하니 서 있고, 베랑제는 여전히 무관심한 태도로 의자에 앉아 있다. 그들 각자는 별개의 그룹을 형성한다. 동시에 무대 왼쪽에서 "앗!", "저런!" 하는 소리들이 들려온다. 달아나는 사람들의 발소리가 요란하다. 야수가 지나가며 일으킨 먼지가 무대를 뒤덮는다.)

카페 주인   (카페 창문에서 머리를 내밀며) 대체 무슨 일이오?

노신사   (가게 주인 뒤에서 사라지면서) 미안합니다!

(점잖은 노신사는 흰 각반에 펠트 모자, 손잡이가 달린 상아 지팡이를 들고 있다. 논리학자는 여전히 벽에 기대고 있다. 그는 얼굴에 회색빛의 자그마한 콧수염이 있으며, 코안경과 밀짚모자를 쓰고 있다.)

가게 여주인   (노신사에게 떠밀려 남편과 부딪치며, 노신사에게) 조심해요, 지팡이를 조심하세요!

가게 주인   안 돼요! 아, 저놈의 지팡이…… 조심해요!

(가게 주인 부부 뒤로 노신사의 머리가 보인다.)

카페 여종업원   (카페 주인에게) 코뿔소가 나타났어요!

카페 주인   (창문에서 여종업원에게) 무슨 잠꼬대 같은 소리야!

(코뿔소를 보며) 앗! 이럴 수가!

주부   앗! (그녀의 "앗!" 소리에 맞춰 무대 뒤에서 "오!", "앗!" 하는 고함 소리들이 배경 음악처럼 울려 퍼진다. 장바

구니와 병을 떨어뜨렸던 주부는 고양이를 악착같이 껴
안고 있다.) 가엾은 고양이, 얼마나 무서웠을까!

카페 주인 (그는 야수가 질주한 방향인 왼쪽을 계속 바라본다.
그동안 야수가 만들어 낸 소음, 즉 발굽 소리, 울음소
리 등은 약해진다. 베랑제는 말없이 앉아 있다. 먼지
때문인지 고개를 조금 뒤로 젖힌 채, 졸린 표정이다. 그
는 얼굴을 찡그리고 있을 뿐이다.) 아니, 이럴 수가!

장 (그 역시 고개를 약간 뒤로 젖히고, 그러나 거친 말투
로) 아니, 이럴 수가!
(장이 재채기를 한다.)

주부 (그녀는 무대 한가운데 서서 왼쪽을 바라본다. 쇼핑한
물건들이 사방에 널려 있다.) 아니, 이럴 수가!
(그녀가 재채기를 한다.)

노신사, 가게 여주인, 가게 주인   (그들 모두 무대 안쪽에 있다. 노신
사가 닫혀 있던 가게 유리문을 다시 열면서) 아니, 이
럴 수가!

장 아니, 이럴 수가! (베랑제에게) 자네 봤지?
(코뿔소가 동반했던 소음과 울음소리는 아주 먼 곳으
로 사라진다. 사람들은 여전히 야수가 사라진 쪽을 쳐
다본다. 그러나 베랑제는 예외적으로 계속 무기력한
상태로 의자에 앉아 있다.)

모든 사람들(베랑제를 제외하고)   아니, 이럴 수가!

베랑제 (장에게) 그래, 코뿔소로군! 그놈이 일으킨 먼지
좀 봐!

(그는 손수건을 꺼내 코를 푼다.)

주부   아니, 이럴 수가! 난, 정말 무서웠어요!

가게 주인   (주부에게) 부인, 당신의 장바구니와 물건들이…….

노신사   (주부에게 다가가면서, 땅바닥에 흩어져 있던 물건들을 집으려고 몸을 굽힌다. 그는 모자를 벗어 들고, 웃으며 그녀에게 인사한다.)

카페 주인   어쨌든 누구도 예상치 못한 일입니다…….

카페 여종업원   그렇다고는 하지만……!

노신사   (주부에게) 제가 좀 도와드릴까요?

주부   (노신사에게) 고마워요, 선생님. 좀 도와주세요. 어휴, 얼마나 무서웠던지…….

논리학자   공포란 비이성적인 것입니다. 이성으로 공포를 물리칠 수 있어요.

카페 여종업원   이젠 그놈이 보이지 않아요.

노신사   (주부에게 논리학자를 가리키며) 제 친구 논리학자올시다.

장   (베랑제에게) 자넨 이 일을 어떻게 생각하나?

카페 여종업원   그 짐승이 바람처럼 사라져 버렸어요!

주부   (논리학자에게) 반갑습니다, 선생님.

가게 여주인   (남편에게) 저 여자 잘됐네요. 우리 집 물건은 하나도 사지 않더니…….

장   (카페 주인과 여종업원에게) 이 일을 어떻게 생각하십니까?

주부	어쨌든, 고양이는 놓치지 않았어요.
카페 주인	(창문에서 어깨를 으쓱 올리며) 흔히 일어나는 일은 아닙니다만……!
주부	(노신사가 물건을 줍는 동안 논리학자에게) 잠깐 이 고양이를 돌봐 주시겠어요?
카페 여종업원	(장에게) 이런 일은 처음 당했어요!
논리학자	(두 팔로 고양이를 끌어안으며 주부에게) 사납지 않은가요?
카페 주인	(장에게) 마치 혜성이 지나가는 것 같았어!
주부	(논리학자에게) 아뇨, 무척 순해요. (다른 사람들을 향해) 아, 이 비싼 포도주를 어쩌죠……!
가게 주인	(주부에게) 포도주는 우리 가게에 얼마든지 있습니다.
장	(베랑제에게) 뭐라고 말 좀 하게. 어떻게 생각하나?
가게 주인	(주부에게) 물론 품질도 최고죠!
카페 주인	(여종업원에게) 뭘 꾸물거리고 있어! 어서 손님들한테 주문받아야지!
	(그는 베랑제와 장을 손으로 가리킨다. 그리고 창문에서 사라진다.)
베랑제	(장에게) 뭘 말인가?
가게 여주인	(남편에게) 저 부인에게 포도주 한 병 갖다줘요!
장	(베랑제에게) 코뿔소 말이야, 코뿔소!
가게 주인	(주부에게) 우리 가게의 포도주는 맛도 좋고, 병도 깨지지 않는다고요! (그는 가게 안으로 사라진다.)

논리학자　　(품에 안은 고양이를 쓰다듬으며) 귀여운 녀석, 귀여운 고양이!

카페 여종업원　　(베랑제와 장에게) 뭘 드시겠어요?

베랑제　　(여종업원에게) 파스티스 두 잔 줘요!

카페 여종업원　　예.

(그녀는 카페 안으로 돌아간다.)

주부　　(노신사의 도움을 받아, 물건을 집어 담으며) 선생님은 정말 친절하시군요.

카페 여종업원　　여기, 파스티스 두 잔요!

(그녀는 카페 안으로 들어간다.)

노신사　　(주부에게) 사모님도 원, 별말씀을…….

(식료품 가게 여주인이 가게로 들어간다.)

논리학자　　(물건들을 줍고 있던 노신사와 주부에게) 물건들을 차곡차곡 제자리에 놓아요.

장　　(베랑제에게) 자넨 내 생각이 어떤지 궁금하지 않은가?

베랑제　　(뭐라 말해야 좋을지 모르는 듯, 장에게) 글쎄…… 뭐, 별로…… 먼지가 좀 심하군…….

가게 주인　　(가게에서 포도주 한 병을 들고 나오며, 주부에게) 파도 있습니다만!

논리학자　　(여전히 껴안고 있던 고양이를 쓰다듬으며) 아이고, 귀여운 것, 귀여운 고양이!

가게 주인　　(주부에게) 모두 100프랑입니다.

주부　　(가게 주인에게 돈을 지불하고, 장바구니에 물건들을 모두 담은 노신사에게 말한다.) 정말 친절하십니다. 그래요, 프랑스적인 예절이라고나 할까! 요즘 젊은이들에게선 찾아볼 수 없는 것이죠!

가게 주인 (주부가 건네는 돈을 받으며) 앞으로 우리 가게를 이용하세요. 길 건널 필요도 없고, 더 이상 끔찍한 일을 당할 일도 없을 겁니다. (그는 가게로 들어간다.)

장 (다시 의자에 앉아 코뿔소에 관해 생각하며) 아무튼 상상도 못 한 일이야!

노신사 (그는 모자를 벗어 들고 주부의 손에 키스한다.) 당신을 알게 돼 정말 반갑습니다!

주부 (논리학자에게) 고양이를 돌봐 주셔서 고마워요. 선생님.

(논리학자는 주부에게 고양이를 돌려준다. 카페 여종업원이 주문받은 음료를 들고 다시 나타난다.)

카페 여종업원 자, 파스티스 두 잔 가져왔습니다!

장 (베랑제에게) 또 술이로군!

노신사 (주부에게) 제가 모셔다 드릴까요?

베랑제 (다시 카페로 들어가는 여종업원을 가리키며, 장에게) 미네랄 워터를 주문했는데…… 아가씨가 잘못 가져왔군.

(장은 어깨를 으쓱하며, 의심쩍은 듯 그의 말을 무시해 버린다.)

주부 (노신사에게) 남편이 기다리고 있어요. 선생님, 고마워요. 다음에 또 뵙죠!

노신사　(주부에게) 진심으로 그러길 빕니다, 부인.

주부　(노신사에게) 저도요!

　　　(그녀는 부드러운 눈길을 주고는 왼쪽으로 사라진다.)

베랑제　이젠 먼지가 거의 사라졌군…….

　　　(장은 또다시 어깨를 으쓱한다.)

노신사　(주부를 바라보는 논리학자에게) 매력 있는 여자야……!

장　(베랑제에게) 그놈의 코뿔소! 그놈 생각이 통 머릿속을 떠나지 않는군!

　　　(노신사와 논리학자는 오른쪽으로 향한다. 그들은 작은 목소리로 뭔가 얘기를 나누며, 천천히 퇴장한다.)

노신사　(주부가 사라진 방향을 마지막으로 한번 쳐다본 후, 논리학자에게) 매력 있는 여자예요, 안 그렇습니까?

논리학자　(노신사에게) 선생께 삼단 논법이란 걸 설명해 드리죠.

노신사　아! 그래요. 삼단 논법이라!

장　(베랑제에게) 도무지 머릿속에서 떠나질 않아! 어찌 이런 일이 있을 수 있는지 말이야.

　　　(베랑제는 하품을 한다.)

논리학자　(노신사에게) 삼단 논법은 주절과 둘째 명제, 그리고 결론으로 이루어져 있습니다.

노신사　결론이라니, 어떤 결론입니까?

　　　(논리학자와 노신사는 퇴장한다.)

장　　도무지 코뿔소 생각에서 벗어날 수가 없어.

베랑제　　(장에게) 머릿속을 어지럽히는 사건이 종종 발생하지. 그놈은 코뿔소, 맞아, 코뿔소였어……! 이젠 멀리 사라져 버렸지만 말이야……. 아주 머나먼 곳으로…….

장　　하지만…… 이런 일을 어떻게 받아들일 수 있나! 코뿔소가 제멋대로 시내 한복판을 뛰어다니다니, 자넨 놀랍지 않은가? 도대체 있을 수 없는 일 아닌가 말이야! (베랑제가 하품을 한다.) 입 좀 막고 하품하게……!

베랑제　　하아…… 하아…… 흠…… 물론 쉽게 받아들이긴 힘들지……. 위험한 놈이니까……. 미처 그 점을 생각하지 못했군. 걱정 말게. 이젠 그놈의 공격권에서 벗어났으니까.

장　　시 당국에 항의를 해야겠어! 당국에 항의하는 게 뭐, 효과가 있을진 모르지만.

베랑제　　(하품을 하다 황급히 손으로 입을 막는다.) 아, 미안해……. 아마 그 코뿔소는 동물원에서 탈출한 놈일 거야!

장　　멀쩡히 서서 잠꼬대 같은 소릴 하는군!

베랑제　　난 앉아 있네.

장　　앉아 있으나 서 있으나 마찬가지야.

베랑제　　아니, 그 둘은 다르지.

장　　문제는 그게 아냐, 이 사람아!

베랑제 방금 앉으나 서나 같다고 말한 건 자네 아니었나…….

장 자네, 정말 내 말 못 알아듣는 거야? 내 말은 앉아 있거나 서 있거나 꿈을 꾸기는 매한가지란 뜻이네!

베랑제 아, 그래, 내가 꿈을 꾸고 있었군……. 인생은 하나의 꿈이랄 수 있지.

장 (계속해서 말을 이으며) 코뿔소가 동물원에서 탈출한 거라는 자네 말은 꿈속에서나 통할 걸세…….

베랑제 난, 그저 추측을 할 뿐이네…….

장 (계속 말을 잇는다.) ……꽤 오래전 얘기지만 페스트 때문에 동물들이 몰살당한 후, 이 도시의 동물원은 사라져 버렸지…….

베랑제 (무관심한 태도로) 그럼 혹시 서커스단에서 도망친 게 아닐까?

장 서커스단이라니?

베랑제 글쎄…… 가령 유랑 서커스단 같은 것 말이야…….

장 이 도시에선 떠돌이 방랑객이 체류하는 걸 금하고 있다네. 그것도 몰랐나……? 난, 어렸을 때 말고, 이 지역에서 서커스단을 본 적이 없네.

베랑제 (하품을 억제하려고 하나 실패한다.) 그렇다면 옛날부터 도시 주변의 늪지대에서 숨어 살던 놈 아닐까?

장 (두 팔을 허공으로 치켜들며) 도시 주변의 늪지대라니! 이 지역에 늪지대라니! 정말 딱한 친구로군.

자네 여전히 술독에 빠져 있군…….

베랑제 (순진하게) 그래, 그런 것 같아……. 술기운이 배에서 올라오는군…….

장 아니, 술기운이 자네 머릿속을 꽉 채우고 있네. 도대체 이 근처 어디에 늪지대가 있단 말인가? 우리 고장이 '소(小)카스티야'라고 불리는 사실을 모르고 하는 소린가? 너무 건조한 지방이라 말이야!

베랑제 (몹시 귀찮고 피곤한 듯) 그럼, 난 아무것도 모른단 말이지? 혹시 그놈이 자갈밭에 숨어 있었나……? 아니면 마른 나뭇가지 위에 둥지를 틀고 있었는지도 모르는 것 아닌가?

장 자네처럼 관념을 맹신하는 사람들의 추리는 대개 오류로 끝나지. 그 점을 알아 두게! 그런 역설들이 지겹지도 않은가……? 자네 말은 진지하지가 않아, 그럴 자세도 능력도 없지만 말이야!

베랑제 오늘만 그래, 단지 오늘뿐이야……. 그럴 만한 이유가 있어…….

(그는 모호한 제스처로 자신의 머리를 가리킨다.)

장 오늘이라고 여느 때와 뭐가 다른가.

베랑제 그렇지 않아, 늘 그런 건 아니야.

장 자네의 말재주도 더 이상 쓸모가 없네!

베랑제 난, 결코 억지 주장을 하는 게 아닌데…….

장 (말을 가로막으며) 날 조롱하지 마, 참을 수 없어!

베랑제 (가슴에 손을 얹고) 조롱하다니…… 장, 내가 왜 자네를 조롱하겠나…….

장   (말을 가로막으며) 이봐, 베랑제, 지금 날 놀리고 있
       잖아…….

베랑제 아니, 아니라니까. 그게 참…….

장   아니긴 뭘 아냐, 방금 그래 놓고서!

베랑제 자네 어찌 그런 오해를 하나……?

장   (말을 가로막으며) 난, 보고 느낀 대로 말하는 거야!

베랑제 자네에게 확신하지만…….

장   (말을 가로막으며) 그래, 날 조롱하고 있음을 인정
       한단 말이지!

베랑제 정말, 고집불통이군.

장   게다가 날 바보 취급까지 하고 있어. 이런 모욕을
       어떻게 참는단 말인가?

베랑제 추호도 그런 생각 한 적이 없어.

장   정말 정신이 나갔군!

베랑제 정신이 나갔으니, 그런 생각을 할 수 없다는 것은
       자명한 일 아닌가.

장   정신이 나가도 머리에 떠오르는 생각은 있는 법
       이야.

베랑제 그건 불가능해.

장   왜 불가능하다는 거지?

베랑제 불가능하니까 불가능하지.

장   불가능한 이유를 설명하란 말이야. 자넨 모든 걸
       다 설명할 수 있다고 주장하곤 하지 않았나…….

베랑제 난, 결코 그런 주장을 한 적이 없네.

장 아니, 왜 꽁무니를 빼려고 그래? 다시 한번 말하는데, 왜 날 모욕하는 거지?

베랑제 자네를 모욕한 적 없어. 오히려 정반대야. 알다시피 내가 자네의 생각을 얼마나 존중하나.

장 내 의사를 존중한다면서, 자넨 왜 일요일 아침 시내 한복판을 돌아다니는 코뿔소를 내버려 둬도 위험하지 않다고 말했나? 그건 내 말과 상반되지 않나? 일요일 오전엔 특히 거리에 애들이 많지……. 물론 어른도 많지만.

베랑제 대부분의 사람들이 교회에 가는 시간이니까. 그들은 전혀 위험하지 않다고.

장 (말을 가로막으며) 그 시간은 또한 쇼핑하는 시간이기도 해.

베랑제 난, 시내에 코뿔소가 돌아다니는 것을 방치하는 게 위험하지 않다고 주장하지 않았어. 다만 그러한 위험에 대해 심각하게 생각하지 않았을 뿐이야. 문제를 삼지 않은 것이지.

장 자넨 어떤 문제도 깊이 생각하는 법이 없군!

베랑제 좋아. 어쨌든 제멋대로 날뛰는 코뿔소는 위험하다는 것, 인정하겠네.

장 그런 일은 있을 수 없지.

베랑제 물론. 그런 일이 있어선 안 되지. 상식 밖의 일이니까. 그래, 아무튼 코뿔소 얘기로 자네와 내가 언쟁하다니 말도 안 돼! 우연히 우리 앞을 지나간 하찮은 동물에 대해, 자넨 내 생각이 그렇게도 궁금한가? 거론할 가치도 없는 그 어리석은 네발 달린 동물을 놓고 말이야! 게다가 그놈은 난폭하지⋯⋯. 이제는 사라졌고. 우리 앞에 없는 동물에 대해 더 이상 논쟁하지 말자고. 그러니, 장, 이제 화제를 바꾸게나. 할 얘기가 좀 많은가⋯⋯. (그는 하품을 하며 술잔을 든다.) 자, 건배!

(이때 논리학자와 노신사가 무대 오른쪽에서 다시 나타난다. 그들은 뭔가 얘기를 주고받으며, 베랑제와 장과 좀 떨어진 카페테라스의 한 탁자에 자리를 잡을 것이다. 그들은 베랑제와 장의 오른쪽 뒤편에 있다.)

장   그 술잔 내려놓게. 그만 마시라고, 이 사람아.

(장은 자기 잔의 파스티스를 한 모금 크게 들이켠다. 반쯤 남은 술잔을 탁자에 놓는다. 베랑제는 여전히 술잔을 들고 있다. 감히 그것을 마시지도 탁자에 내려놓지도 못한 채로.)

베랑제   그렇다고 술을 남기고 갈 수는 없지!

(그는 마시는 척한다.)

장   술잔 내려놓으라니까.

베랑제   알았어. (그는 탁자에 술잔을 내려놓는다. 이때 데이지가 오른쪽에서 나타나 왼쪽으로 지나간다. 그녀는 금발의 젊은 타이피스트다. 데이지를 발견하자 베랑제는 갑자기 일어난다. 당황하는 태도로 안절부절못하다가 술잔을 건드려 장의 바지에 쏟는다.) 오! 데이지.

장　조심해, 이 친구야! 하는 짓 하고는…… 정말!

베랑제　아, 데이지가…… 장, 미안하네……. (그는 데이지의 눈에 띄지 않도록 몸을 숨긴다.) 그녀에게 이런 내 모습을 보여 주다니…… 그건 안 돼.

장　구제 불능의 친구로군……! 도저히! (그는 데이지가 사라진 방향을 바라본다.) 저 아가씨가 무섭나?

베랑제　조용히 하게, 조용히.

장　무섭게 생기진 않았는데!

베랑제　(데이지가 사라지자 다시 장에게 돌아오며) 용서해 주게……. 다시 한번 사과하네.

장　모든 게 술 때문이야. 자넨 몸도 제대로 못 가누고 있어. 기운이 없고, 주위가 산만해. 녹초가 다 된 거야. 스스로 무덤을 파는 격이지. 자기 몸을 망치는 거야.

베랑제　술을 그 정도로 좋아하는 건 아냐. 하지만 술을 안 마시면, 영 컨디션이 안 좋아서 말이야. 마치 공포에 질렸을 때, 그 무서움을 떨쳐 버리려고 술을 마시는 것과 같다고나 할까.

장　뭐가 그리 무서운데?

베랑제　잘 모르겠어. 뭐라 단정 짓기 어려운 불안감이야. 난 사람들 틈에서 사는 게 편하지 않다네. 그럴 때마다, 한 잔씩 하는 거야. 술은 날 진정시켜 주고 긴장을 풀어 주거든. 모든 걸 잊게 만들지.

장   자기 자신을 잊어버리다니!

베랑제   난 지금 피곤해. 꽤 오래전부터 피곤했어. 이젠 내 몸 하나 지탱하기도 힘들 지경이야.

장   그게 바로 알코올성 신경 쇠약이라는 거야. 술주정뱅이의 우울증 같은 것이지…….

베랑제   (계속 말을 잇는다.) 매 순간 내 몸이 무거운 납처럼 느껴져. 마치 다른 사람을 등에 업고 다니는 기분이야. 나 자신에게 익숙하지 않은 거지. 내가 정말 나인지 모르겠다고. 그런데 술을 조금만 마셔도 그 짐이 사라져 버린단 말이야. 즉 나 자신을 인식하게 되는 거지. 나 자신으로 돌아오는 기분이야.

장   꽤나 고생하고 있군! 베랑제, 날 좀 보게. 내 몸무게는 자네보다 더 나가네. 그렇지만 난 가볍게 느껴지는걸! 아주 가볍게…….

(장은 두 팔을 벌려 비행하는 흉내를 낸다. 그때 노신사와 논리학자가 다시 무대에 등장한다. 그들은 한담을 나누면서 무대로 걸어 나온다. 그들이 장과 베랑제 근처를 지나갈 즈음 논리학자의 팔에 이끌려 가던 노신사가 장의 팔과 매우 심하게 부딪친다. 그 바람에 노신사는 기우뚱한다.)

논리학자   (이야기를 계속하면서) 삼단 논법의 예를 들어 봅시다……. (그는 부딪친다.) 앗……!

노신사   (장에게) 조심해요. (논리학자에게) 미안합니다.

장	(노신사에게) 죄송합니다.
논리학자	(노신사에게) 아니, 괜찮아요.
노신사	(장에게) 괜찮아요.
	(노신사와 논리학자는 장과 베랑제의 약간 오른편 뒤에 있는 테라스의 탁자에 앉는다.)
베랑제	(장에게) 자넨 힘이 넘치는군.
장	그래, 힘이 넘치네. 여러 가지 이유로 힘이 넘쳐 나지. 무엇보다 먼저 육체적으로 강건하니 힘이 넘치고, 또한 정신적 에너지도 넘치니까 힘이 나는 거네. 게다가 술을 마시지 않으니까 힘이 남아돌지. 자네의 신경을 건드리고 싶지 않지만, 말하자면 알코올이 오히려 현실의 삶을 억압하는 셈이지.
논리학자	(노신사에게) 그러니까 이제 삼단 논법의 예를 하나 들어 봅시다. 즉 고양이는 다리가 넷이다. 이지도르와 프리고는 다리가 넷이다. 그러므로 이지도르와 프리고는 고양이다.
노신사	(논리학자에게) 나의 개도 역시 다리가 넷입니다.
논리학자	(노신사에게) 그럼 그것도 고양이올시다.
베랑제	(장에게) 난 거의 살아갈 힘조차 없어. 더 이상 삶에 대한 의욕도 없다고.
노신사	(잠시 생각한 끝에, 논리학자에게) 그렇다면 논리학적으로 볼 때, 나의 개는 고양이가 되겠군요.
논리학자	(노신사에게) 논리학적으로 그렇지요. 그러나 그

반대도 참입니다.

베랑제　(장에게) 고독이 나를 짓누르고 있어. 사회 역시
　　　　날 짓누르지.

장　(베랑제에게) 자네 말은 완전히 모순투성이야. 짓
　　누르는 게 고독이란 말인가, 아니면 사람들이란
　　말인가? 무슨 대단한 사상가라도 되는 것처럼 말
　　하지만, 실제로 자네 말엔 아무런 논리도 없다고.

노신사　(논리학자에게) 논리학은 참 훌륭한 것이군요.

논리학자　(노신사에게) 남용하지만 않는다면 훌륭하지요.

베랑제　(장에게) 산다는 게 비정상으로 보여.

장　오히려 그 반대야. 사는 것보다 더 자연스러운 건
　　없다네. 모든 사람들이 살고 있다는 사실이 그 증
　　거지.

베랑제　죽은 사람이 산 사람보다 훨씬 더 많아. 그리고
　　　　그들의 숫자는 계속 증가하고 있어. 오히려 살아
　　　　있는 사람들의 숫자가 더 적지.

장　죽은 자는 존재하지 않아. 정말 시의적절한 예를
　　들고 있군, 그래. 하!하!하! (박장대소한다.) 그렇다
　　면 죽은 자들 역시 자네를 짓누르나? 존재하지
　　않는 것이 어떻게 자네를 짓누른단 말인가?

베랑제　난, 나 자신의 존재조차 의심스러워.

장　(베랑제에게) 이봐, 자네는 존재하지 않는 것과 마
　　찬가지야. 생각을 하지 않기 때문이지! 생각하게,
　　그럼 자네도 존재할 걸세.

논리학자	(노신사에게) 삼단 논법의 또 다른 예가 있습니다. 즉 모든 고양이는 죽는다. 소크라테스는 죽는다. 그러므로 소크라테스는 고양이다.
노신사	그럼 소크라테스 역시 다리가 네 개겠군요. 맞아요. 난 소크라테스란 이름의 고양이를 키우고 있거든요.
논리학자	이젠 아시겠죠…….
장	(베랑제에게) 자넨 본래부터 허풍쟁이였군. 거짓말쟁이라고. 인생에 흥미가 없다고 말하지만, 누군가에게 관심을 가지고 있지 않은가!
베랑제	누구?
장	자네의 귀여운 직장 동료 말일세. 방금 이곳을 지나갔던 아가씨. 자네는 그녀를 사랑하고 있어.
노신사	(논리학자에게) 그럼 소크라테스는 고양이였군요!
논리학자	(노신사에게) 논리학이 방금 그 사실을 밝혀 주었습니다.
장	(베랑제에게) 자넨 그녀에게 이런 처량한 모습을 보여 주길 원치 않았지. (베랑제의 제스처) 바로 이 점이 자네가 모든 일에 무관심한 게 아니라는 사실을 증명하는 거야. 그런데 자네는 어떻게 데이지가 술주정뱅이에게 매력을 느끼길 기대하나?
논리학자	(노신사에게) 자, 다시 고양이 얘기로 돌아갑시다.
노신사	(논리학자에게) 말씀하시죠.
베랑제	(장에게) 그런데 그녀는 이미 누군가를 마음에 두

고 있는 것 같아.

장	(베랑제에게) 그게 누군데?

베랑제	뒤다르라는 직장 동료야. 법과 대학 출신의 법률
가이며, 회사에서 장래가 보장된 친구지. 데이지
가 미래의 남편감으로 생각할 만하지. 난, 그의 상
대가 안 돼…….

논리학자	(노신사에게) 이지도르라는 고양이는 발이 네 개
입니다.

노신사	그걸 어떻게 압니까?

논리학자	그건 하나의 가정입니다.

베랑제	(장에게) 사장도 그 친굴 좋게 보고 있어. 난, 미래
가 불투명해. 공부도 제대로 못 했고 전망도 별로
없어.

노신사	(논리학자에게) 아! 가정이군요!

장	(베랑제에게) 자네가 이런 식으로 포기하다니…….

베랑제	(장에게) 별 도리가 없잖아?

논리학자	(노신사에게) 프리고 역시 발이 네 개입니다. 프리
고와 이지도르는 모두 발이 몇 개일까요?

노신사	(논리학자에게) 합해서요? 아니면 따로따로요?

장	(베랑제에게) 인생은 투쟁이라네. 싸움을 포기하
는 건 비겁한 일이지.

논리학자	(노신사에게) 합해선지, 아니면 따로따로인지……
경우에 따라 다릅니다.

베랑제	(장에게) 어쩌란 말이야? 난 이렇다 할 무기도 없어.

장	재무장해야 돼. 정신 무장이 필요해.
노신사	(잠시 생각한 끝에, 논리학자에게) 여덟, 여덟 갭니다.
논리학자	논리학은 암산으로 통합니다.
노신사	논리학은 여러 가지 양상을 띠는군요!
베랑제	(장에게) 무기를 어디서 구하지?
논리학자	(노신사에게) 논리학은 한계가 없지요!
장	자신의 마음속에 있어. 의지를 통해서 찾아야 해.
베랑제	(장에게) 어떤 무기를?
논리학자	(노신사에게) 자, 당신은 곧 알게 될 겁니다…….
장	(베랑제에게) 인내, 교양, 지성과 같은 무기들을 말하는 거야. (베랑제가 하품한다.) 생기 있고 번뜩이는 정신의 소유자가 돼야 해. 시대의 첨단을 걸어야 한다고.
베랑제	(장에게) 어떻게 하면 시대의 첨단을 걸을 수 있지?
논리학자	(노신사에게) 이 고양이들에게서 다리를 두 개 제거했습니다. 그럼 그들은 각각 다리가 몇 개입니까?
노신사	너무 복잡해요.
베랑제	(장에게) 너무 복잡하군.
논리학자	(노신사에게) 오히려 간단해요.
노신사	(논리학자에게) 선생에겐 쉬울지 모르지만 내겐 그렇지 않습니다.
베랑제	(장에게) 자네에겐 쉬울지 모르지만 내겐 그렇지 않아.

논리학자   (노신사에게) 생각 좀 해 보시오. 노력해 봅시다.

장   (베랑제에게) 생각 좀 해 보게. 노력해 보라고.

노신사   (논리학자에게) 모르겠어요.

베랑제   (장에게) 정말 모르겠어.

논리학자   (노신사에게) 선생에겐 모든 걸 다 가르쳐 줘야겠군요.

장   (베랑제에게) 자네에겐 모든 걸 다 가르쳐 줘야겠군.

논리학자   (노신사에게) 종이에 쓰면서 계산해 봐요. 고양이 두 마리에게서 다리를 여섯 개 빼 봅시다. 각각의 고양이에게 몇 개의 다리가 남습니까?

노신사   잠깐만…….

    (그는 계산을 하려고 호주머니에서 종이를 꺼낸다.)

장   우선 자네가 준수해야 할 게 있어. 우선 옷을 단정하게 입고, 매일 면도를 해야 해. 그리고 깨끗한 셔츠를 입어야 하네.

베랑제   (장에게) 세탁비가 너무 비싸…….

장   (베랑제에게) 술을 좀 줄이게. 그리고 겉모습도 중요해. 모자와 넥타이는 물론, 세련된 양복과 잘 닦은 구두를 신어야 한다네.

    (옷차림의 요건에 대해 말하면서 장은 자신만만한 태도로 자기의 모자와 넥타이, 구두를 보여 준다.)

노신사   (논리학자에게) 가능한 답이 여러 개 있습니다.

논리학자   (노신사에게) 말해 보세요.

베랑제   (장에게) 그다음엔 뭘 어떻게 해야 하지? 말해 주게······.

논리학자　(노신사에게) 자, 들어 봅시다.

베랑제　(장에게) 말해 보게.

장　(베랑제에게) 자네는 내성적이지만 재능은 있는 편이야.

베랑제　(장에게) 재능이 있다고?

장　그 재능을 잘 써먹어야 해. 물론 세상 물정에도 밝아야 하네. 이를테면 오늘날의 문화나 문학적 이슈들에도 정통해야겠지.

노신사　(논리학자에게) 첫 번째 가능한 답으로, 한 마리는 네 개의 다리를, 그리고 다른 한 마리는 두 개를 가질 수 있지요.

베랑제　(장에게) 난 그럴 시간이 없어.

논리학자　재능이 뛰어나시군요. 그 재능을 살리기만 하면 됩니다.

장　그러니까 자네의 그 짧은 여유를 잘 활용하라고. 되는대로 적당히 시간을 때워선 안 돼.

노신사　제겐 시간적 여유가 거의 없었어요. 공직에 있었거든요.

논리학자　(노신사에게) 언제든 배울 시간은 있습니다.

장　(베랑제에게) 언제든 시간은 있어.

베랑제　(장에게) 너무 늦었어.

노신사　(논리학자에게) 저로선 좀 늦은 감이 있다고 생각되는데요······.

장   (베랑제에게) 그렇지 않아, 결코 늦지 않았어.

논리학자   (노신사에게) 결코 늦지 않았습니다.

장   (베랑제에게) 자네도 나나 다른 사람들처럼 하루 여덟 시간 일하고 있어. 하지만 일요일과 저녁 시간, 게다가 삼 주간의 여름 휴가를 이용할 수 있다고. 합리적으로 잘만 활용하면 충분하지.

논리학자   (노신사에게) 그런데 또 다른 해답은 없을까요? 혹시 합리적으로 잘만 활용하면…….

(노신사는 또다시 계산하기 시작한다.)

장   (베랑제에게) 술에 찌들어 있거나 몸이 아픈 것보다 신선하고 생기발랄한 게 낫지 않은가? 물론 사무실에서도 마찬가지야. 그리고 여유 있는 시간을 좀 더 지성적으로 보내야겠지.

베랑제   (장에게) 어떻게……?

장   (베랑제에게) 미술관을 방문하거나 문학잡지를 읽거나 강연회에 참석하는 거야. 그러면 자네의 괴로움도 사라지고, 정신 수양에도 도움이 되지. 그렇게 사 주 정도 보내면 자네는 문화인이 될거야.

베랑제   (장에게) 자네 말이 옳아!

노신사   (논리학자에게) 발이 다섯 개인 고양이도 있을 수 있을까요……?

장   (베랑제에게) 자네 스스로 옳다고 인정하는군.

노신사   (논리학자에게) 어떤 고양이는 다리가 하나뿐입니다. 그 경우에도 여전히 고양이라고 할 수 있을까요?

논리학자	(노신사에게) 물론이죠.
장	(베랑제에게) 여윳돈을 술로 낭비하는 것보다는, 재미있는 연극을 보기 위해 티켓을 구입하는 편이 훨씬 낫지. 자네도 요즘 화제인 아방가르드 연극 알지? 이오네스코 연극 봤나?
베랑제	(장에게) 유감스럽게도 못 봤네! 소문만 들었어.
노신사	(논리학자에게) 고양이 두 마리…… 그러니까 여덟 개의 발에서 두 개를 빼면…….
장	(베랑제에게) 지금 그의 작품이 공연 중이야. 이 기회를 이용하게.
노신사	그럼 다리가 여섯 개인 고양이 한 마리가 생길 수 있겠군요…….
베랑제	그 공연은 우리 시대의 예술적 삶을 체험하게 하는 훌륭한 작품이겠군.
노신사	(논리학자에게) 그리고 다른 한 마리는 다리가 하나도 없겠군요.
베랑제	그래, 자네가 옳아. 자네 말대로 세상 돌아가는 걸 좀 알아야겠어.
논리학자	(노신사에게) 그 경우는 특수한 고양이가 될 겁니다.
베랑제	(장에게) 그렇게 하지. 자네와 약속하겠네.
장	무엇보다도 자기 자신과의 약속이 중요해.
노신사	다리가 하나도 없는 고양이가 있다면, 그건 사회적으로 낙오한 고양이죠?
베랑제	엄숙하게 약속하네. 나 스스로 이 약속을 지키

겠어.

논리학자 　그건 정의롭지 못합니다. 그러므로 논리적이지 못
　　　　　합니다.

베랑제 　(장에게) 술 마시는 대신 교양 쌓는 데 힘쓰기로
　　　　　결심했어. 벌써 기분이 좋아지는 느낌이군. 머리
　　　　　도 맑아지는 것 같아.

장 　그것 보게!

노신사 　(논리학자에게) 논리적이지 않다고요?

베랑제 　오늘 오후엔 시립 미술관에 가고…… 저녁엔 연극
　　　　　표 두 장을 사겠네. 나와 함께 극장에 가겠나?

논리학자 　(노신사에게) 정의란, 언제나 논리적이니까요.

장 　(베랑제에게) 끈기를 가지고 그렇게 해야 하네. 자
　　　　　네의 좋은 의도가 꺾이면 안 되니까.

노신사 　(논리학자에게) 알겠습니다. 정의…….

베랑제 　(장에게) 진정으로 약속할게. 오늘 오후에 나와 미
　　　　　술관에 가겠나?

장 　(베랑제에게) 오늘 오후엔 낮잠 자야 돼. 그건 내
　　　　　하루 일과 중 하나라네.

노신사 　(논리학자에게) 정의, 그것 역시 논리학의 한 양상
　　　　　일 테죠.

베랑제 　(장에게) 그럼 오늘 저녁에 연극 보러 가겠나?

장 　오늘 저녁은 안 돼.

논리학자 　(노신사에게) 아, 선생의 정신이 맑아지고 있습니다!

장 　(베랑제에게) 난 말이야, 자네의 좋은 의도가 지속

되기를 바라네. 하지만, 난 오늘 저녁 친구들과 맥주홀에서 만나기로 했어.

베랑제   맥주홀에서?

노신사   (논리학자에게) 더구나 다리가 없는 고양이는…….

장   (베랑제에게) 그래, 맥주홀! 거기서 약속을 했지.

노신사   (논리학자에게) ……쥐를 잡고 싶어도 더 이상 빨리 달릴 수 없을 겁니다.

베랑제   (장에게) 이봐! 장! 자네답지 않게 그 무슨 소린가? 이번엔 바람직하지 않은 예를 제시하는군! 술에 취할 셈인가.

논리학자   (노신사에게) 선생의 논리는 이미 크게 발전했어요!

(또다시 코뿔소의 발굽 소리와 울음소리, 거친 숨소리가 들리기 시작한다. 매우 빠른 속도로 다가온다. 그러나 이번에는 반대 방향, 즉 무대 안쪽에서부터 앞으로 향하고 있다. 처음과 마찬가지로 무대 뒤, 왼편에서 나온다.)

장   (격분하여, 베랑제에게) 이봐, 내 경우는 습관적인 게 아니야. 자네의 술 취향과 아무런 관련도 없어. 자네…… 자네는 나와 동질의 인간이 아니잖나.

베랑제   (장에게) 동질의 인간이 아니라니, 무슨 말이야?

장   (가게 쪽에서 들려오는 소리보다 더 큰 목소리로) 난 술주정뱅이가 아니야!

논리학자   (노신사에게) 다리가 없는 고양이도 쥐를 공격할 수 있어요. 그놈의 본능이죠.

베랑제   (매우 큰 소리로 외치며) 난 자네보고 술꾼이라고 말하지 않았어. 그런데 거의 비슷한 상황에서, 왜 내가 더 술주정뱅이가 돼야 하나?

노신사   (논리학자에게 고함을 지르며) 고양이의 본능이라니, 그게 무슨 뜻이죠?

장   (베랑제에게, 앞에서와 같은 태도로) 모든 게 절제할 수 있느냐에 달렸어. 난, 자네와 달리 언제든 절제할 수 있거든.

논리학자   (손을 나팔 모양으로 만들어 귀에 대고, 노신사에게) 뭐라고요?

(큰 소음이 네 사람이 주고받는 말을 완전히 무력하게 만든다.)

베랑제   (논리학자와 같은 모양으로 손을 귀에 대고, 장에게) 뭐라고? 잘 안 들리네.

장   (큰 소리로) 내 말은…….

노신사   (큰 소리로) 내 말은…….

장   (소음이 매우 가까이에서 들리는 것을 의식하고) 아니 무슨 일이지?

논리학자   아니 무슨 일이지?

장   (그가 벌떡 일어난다. 그때 의자가 쓰러진다. 그는 코뿔소 소리가 들려오는 무대 왼쪽 뒤를 바라본다. 코뿔소 소리는 반대 방향으로 지나간다.) 앗! 코뿔소다!

논리학자   (일어난다. 의자가 쓰러진다.) 앗! 코뿔소다!

노신사　　(같은 동작) 앗! 코뿔소다!

베랑제　　(계속 앉은 채로 그러나 이번에는 약간 관심을 기울이
　　　　　며) 코뿔소라고! 이번엔 반대 방향에서……

카페 여종업원　　(쟁반에 유리잔들을 들고 나온다.) 무슨 일이죠?
　　　　　앗! 코뿔소다!
　　　　　(그녀는 쟁반을 떨어뜨린다. 유리잔들이 깨진다.)

카페 주인　　(카페에서 나오며) 무슨 일이야?

카페 여종업원　　(카페 주인에게) 코뿔소가 나타났어요!

논리학자　　코뿔소 한 마리가 인도에서 전속력으로 달려가고
　　　　　있습니다!

가게 주인　　(가게에서 나오며) 앗! 코뿔소다!

장　　앗! 코뿔소다!

가게 여주인　　(가게 위층 창문에서 고개를 내밀며) 앗! 코뿔소다!

카페 주인　　(카페 여종업원에게) 그렇다고 유리잔들을 깨면 어
　　　　　떡하나? 엉…….

장　　아, 저놈이 우리 쪽으로 달려오고 있어. 가게 진열
　　　　　대를 스쳐 지나가는군.

데이지　　(무대 왼쪽에서 나오며) 앗! 코뿔소다!

베랑제　　(데이지를 발견한다.) 오, 데이지!
　　　　　(도피하는 사람들의 부산한 발소리와 방금 전과 마찬
　　　　　가지로 "오!", "앗!" 하는 소리가 들린다.)

카페 여종업원　　아니, 이럴 수가!

카페 주인　　(여종업원에게) 깨진 것, 변상해!
　　　　　(베랑제는 데이지의 눈에 띄지 않게 몸을 숨기려고 애

쓴다. 노신사와 논리학자, 가게 주인 부부 등은 무대 중앙으로 나아간다. 그리고 한목소리로 말한다.)

모든 사람들　아니, 이럴 수가!

장과 베랑제　아니, 이럴 수가!

(찢어지는 듯한 고양이 울음소리에 이어, 여자의 처절한 고함 소리가 들려온다.)

모든 사람들　오!

(시끄러운 소음이 빠르게 사라지는 동안, 거의 동시에 방금 전의 주부가 나타난다. 장바구니는 없지만, 피투성이의 죽은 고양이를 끌어안고 있다.)

주부　(흐느끼며) 코뿔소가 내 고양이를 짓밟았어요. 죽였다고요!

카페 여종업원　그놈이 부인의 고양이를 죽였대요!

(가게 주인 부부는 창문에서, 노신사, 데이지, 논리학자는 주부를 둘러싸고 말한다.)

모든 사람들　아이고 불쌍해라. 이런 불행한 일이 생기다니!

노신사　불쌍한 고양이!

데이지와 카페 여종업원　불쌍한 고양이!

가게 주인 부부(창가에서), 노신사, 논리학자　불쌍한 고양이!

카페 주인　(여종업원에게 깨진 유리잔과 쓰러진 의자들을 가리키며) 도대체 뭐 하고 있는 거야? 어서 정리하지 않고!

(이번에는 장과 베랑제가 급히 와서 주부를 둘러싼다. 그녀는 죽은 고양이를 끌어안고 계속 울고 있다.)

카페 여종업원　(깨진 유리잔과 쓰러진 의자를 정돈하려고 카페테라스로 간다. 주부가 있는 곳을 돌아보면서) 오, 불쌍한 고양이!

카페 주인 (카페 여종업원에게 손가락으로 의자들과 깨진 유리잔을 가리키며) 여기……! 저기!

노신사 (가게 주인에게) 이 일을 어떻게 생각하십니까?

베랑제 (주부에게) 고정하세요, 부인. 당신의 우는 모습을 보니 우리도 슬프네요.

데이지 (베랑제에게) 베랑제 씨, 여기 있었군요? 당신도 보았죠?

베랑제 (데이지에게) 안녕하세요, 데이지 양. 미안해요, 면도도 못 하고…… 면도할 시간이 없었어요.

카페 주인 (유리 조각 줍는 것을 지켜본다. 이어서 주부에게 눈길을 돌린다.) 불쌍한 고양이!

카페 여종업원 (유리 조각을 줍다가 등 뒤로 주부를 바라본다.) 불쌍한 고양이!

(이 모든 응답구들은 매우 빨리, 그리고 거의 동시에 말해져야 한다.)

가게 여주인 (창문에서) 그것 참, 너무해!

장 그것 참, 너무해!

주부 (죽은 고양이를 품에 안고 흐느끼며) 가엾은 녀석! 가엾은 녀석!

노신사 (주부에게) 부인을 이런 상황에서 다시 만나다니 정말 유감입니다!

논리학자 (주부에게) 부인, 이제 그만하세요. 고양이란 모두

죽게 돼 있습니다! 단념할 수밖에 없지요.

주부   (흐느끼며) 내 고양이, 내 고양이, 내 고양이!

카페 주인   (앞치마에 유리 조각을 가득 담고 있는 여종업원에게) 그걸 쓰레기통에 갖다 버리지 않고 뭐 해! (의자들을 세우며) 1000프랑 정도 물어내야 해!

카페 여종업원   (카페 안으로 들어가며, 주인에게) 사장님은 돈만 생각하시는군요.

가게 여주인   (창문에서 주부에게) 진정하세요, 부인.

노신사   (주부에게) 진정하세요, 부인.

가게 여주인   (창문에서) 얼마나 마음이 아플까…….

주부   내 고양이……! 내 고양이……! 내 고양이……!

데이지   아! 그래요, 정말 맘 아픈 일이죠!

노신사   (주부를 부축하며 카페테라스의 탁자로 향한다. 모두들 따라간다.) 여기 좀 앉으시죠, 부인.

장   (노신사에게) 이 일을 어떻게 생각하십니까?

가게 주인   (논리학자에게) 이 일을 어떻게 생각하십니까?

가게 여주인   (창문에서 데이지에게) 이 일을 어떻게 생각해요?

카페 주인   (사람들이, 여전히 죽은 고양이를 끌어안고 있는 주부를 카페테라스의 한 의자에 앉히는 동안, 다시 나타난 여종업원에게) 부인에게 물 한 잔 갖다드려.

노신사   (주부에게) 앉으시죠, 부인!

장   가엾은 여자!

가게 여주인   (창문에서) 불쌍한 고양이!

베랑제   (카페 여종업원에게) 차라리 코냑이 낫겠어요.

카페 주인　（여종업원에게） 그럼, 코냑 한 잔으로! （베랑제를 가

　　　　　　리키며） 계산은 이 선생님이 하실 테니까!

　　　　　　（카페 여종업원은 카페 안으로 들어가며 대답한다.）

카페 여종업원　　알았어요. 코냑 한 잔!

　　주부　（흐느끼며） 괜찮아요. 난 마시고 싶지 않아요!

가게 주인　좀 전에 가게 앞을 통과했던 코뿔소입니다.

　　　장　（가게 주인에게） 같은 놈이 아닙니다!

가게 주인　（장에게） 그렇지만······.

가게 여주인　　오! 맞아요, 같은 놈이에요.

　데이지　그럼 같은 놈이 두 번 지나간 것인가요?

카페 주인　내 눈엔 같은 놈으로 보였어요.

　　　장　그렇지 않아요. 같은 코뿔소가 아니죠. 앞서 지나

　　　　　갔던 놈은 코에 뿔이 두 개 달린 아시아 코뿔소였

　　　　　어요. 그리고 방금 지나간 놈은 뿔이 하나인 아프

　　　　　리카 코뿔소였고요!

　　　　　（카페 여종업원은 코냑 한 잔을 주부 테이블에 놓는다.）

　노신사　코냑이 왔군요. 한잔 들이켜면 원기가 회복될 겁

　　　　　니다.

　　주부　（눈물을 글썽이며） 싫어······어······요······.

　베랑제　（갑자기 장에게 신경질을 내며） 바보 같은 소리 말

　　　　　게······! 코뿔소 뿔이 몇 개인지 자네가 어떻게 구

　　　　　별할 수 있었나! 알아볼 수도 없을 정도로 빨리

　　　　　사라졌는데······.

　데이지　（주부에게） 그래요. 코냑을 마시면 좀 진정이 될

거예요.

노신사　(베랑제에게) 사실, 코뿔소는 쏜살같았어요.

카페 주인　(주부에게) 마셔 봐요. 맛 좋아요.

베랑제　(장에게) 자넨 뿔이 몇 개인지 셀 시간이 없었어…….

가게 여주인　(창문에서 카페 여종업원에게) 부인에게 코냑을 권해 봐요.

베랑제　(장에게) 더구나 먼지 때문에 앞이 보이지 않았다고…….

데이지　(주부에게) 좀 마셔 봐요, 부인.

노신사　(주부에게) 한 모금만 마셔 보세요. 어서 용기를 내세요…….

　　　(카페 여종업원은 주부의 입술에 술잔을 갖다 대고 마시라고 권한다. 주부는 거절할 듯하다 마신다.)

카페 여종업원　됐어요!

가게 여주인(창문에서), 데이지　됐어요!

장　(베랑제에게) 난 한눈팔지 않았다고. 재빠르게 그걸 셌지. 맑은 정신으로 말이야!

노신사　(주부에게) 좀, 괜찮으십니까?

베랑제　(장에게) 그놈은 고개를 숙이고 달렸어…….

카페 주인　(주부에게) 맛이 좋죠, 어때요!

장　(베랑제에게) 그래서 더 잘 볼 수 있었지.

주부　(술을 마신 후) 내 고양이!

베랑제　(화를 내며 장에게) 바보 같은 소리! 바보 같은 소리야!

가게 여주인 (창문에서 주부에게) 나도 고양이를 한 마리 키우고 있어요. 원하신다면 드리죠.

장 (베랑제에게) 바보 같다고? 자네가 어떻게 나한테 그런 말을 할 수 있나?

주부 (가게 여주인에게) 다른 고양이는 싫어요!
(그녀는 고양이를 껴안고 흐느낀다.)

베랑제 (장에게) 그래, 정말 바보 같은 소리야.

카페 주인 (주부에게) 아, 이성을 찾으세요!

장 (베랑제에게) 난 결코 바보 같은 소리를 하지 않았어!

노신사 (주부에게) 이제 잊어버리세요!

베랑제 (장에게) 건방진 친구 같으니! (목소리를 높이며) 유식한 척하는 자…….

카페 주인 (장과 베랑제에게) 이봐요, 선생들! 진정해요.

베랑제 (계속해서 장에게) ……아시아 코뿔소는 뿔이 하나고 아프리카 코뿔소는 둘이라고……? 잘 알지도 못하면서 우기다니…… 자넨 언제나 유식한 척하고 있어…….
(모두 더 이상 주부에게 관심이 없다. 그들은 점점 격렬하게 말싸움을 하는 장과 베랑제 주위로 모인다.)

장 (베랑제에게) 자네가 틀렸어. 그 반대라고, 이 사람아!

주부 (혼자서) 정말 귀여운 고양이였는데……!

베랑제	내기하겠나?
카페 여종업원	이분들이 내기를 하려나 봐요!
데이지	(베랑제에게) 흥분하지 말아요, 베랑제.
장	(베랑제에게) 자네와 내기하고 싶지 않아. 뿔이 두 개 달린 것은 바로 자네야! 이 아시아 인종아!
카페 여종업원	오!
가게 여주인	(창문에서 남편에게) 싸우려고 해요.
가게 주인	(아내에게) 아니야! 내기하는 거야!
카페 주인	(장과 베랑제에게) 여기서 소란 피우지 마세요.
노신사	어디, 봅시다……. 뿔이 하나 달린 코뿔소가 어디 종일까요? (가게 주인에게) 당신은 장사하는 사람이니 잘 알겠지요?
가게 여주인	(창문에서 남편에게) 당신은 알죠!
베랑제	(장에게) 난, 뿔이 없어. 이마에 뿔을 달고 다니다니, 말도 안 돼!
가게 주인	(노신사에게) 장사꾼이라고 모든 걸 아는 건 아닙니다!
장	(베랑제에게) 뿔이 있다니까!
베랑제	(장에게) 더구나 난 아시아 사람이 아니야. 또 아시아 사람도 다른 사람과 똑같은 인간이라고…….
카페 여종업원	그래요, 아시아 사람도 여러분이나 나와 마찬가지로 인간이에요.
노신사	(카페 주인에게) 옳아요!
카페 주인	(여종업원에게) 아무도 네 의견을 묻지 않았어!

데이지   (카페 주인에게) 저분 말이 옳아요. 그들도 우리와 같은 인간이죠.

(이런 말싸움이 진행되는 동안에도 주부는 울음을 그치지 않는다.)

주부   고양이는 정말 온순했어요. 우리와 같았지요.

장   (화가 나서) 아시아인의 피부는 노랗다고!

(논리학자는 논쟁에 끼어들지 않고 조심스럽게 지켜본다. 그는 조금 떨어진 장소, 즉 장과 베랑제 주변에 있는 사람들과 주부의 중간쯤에 있다.)

장   여러분. 그럼 이만! (베랑제에게) 자네에겐 인사하지 않겠네!

주부   (같은 태도로) 고양인 날 무척 따랐어요!

(그녀는 흐느낀다.)

데이지   이봐요, 베랑제……. 이봐요, 장…….

노신사   내겐 아시아인 친구들이 많았어요. 그렇담 그들이 진짜 아시아인이 아니란 말인가…….

카페 주인   난 진짜 아시아인 친구들이 있어요.

카페 여종업원   (가게 여주인에게) 저도 아시아인 친구가 있었죠.

주부   (같은 태도로) 내 고양이는 아주 귀여운 녀석이었어요!

장   (흥분을 가라앉히지 못하고) 그들은 노란색이야, 노랭이들이라고!

베랑제   (장에게) 그런 자네 얼굴은 빨갛게 변했어!

가게 여주인(창문에서), 카페 여종업원   오!

카페 주인	사태가 심각해지는데!
주부	(같은 태도로) 내 고양이는 매우 깨끗했어요! 똥, 오줌을 가렸으니까요!
장	(베랑제에게) 이런 식으로 나오면 자네완 이제 끝이야! 저런 멍청이와 시간을 낭비하다니…….
주부	(같은 태도로) 고양이는 의사 표시도 잘했어요! (장은 화를 내며 무대 오른쪽으로 급하게 간다. 그러나 그는 나가다 말고, 멈춰 서서 뒤를 돌아본다.)
노신사	(가게 주인에게) 또한 우리처럼 아시아인들도 피부색이 다양하죠. 즉 하얗거나 검거나 푸른 사람들도 있으니까요.
장	(베랑제에게) 술주정뱅이 같으니! (모두 놀란 표정으로 장을 바라본다.)
베랑제	(장을 향해) 자네와 더 이상 만나지 않겠어!
모든 사람들	(장을 향해) 오!
주부	(같은 태도로) 하나 부족한 게 있다면, 말을 못 하는 거였죠! 아니, 그렇지도 않았어요!
데이지	(베랑제에게) 왜 그렇게 장을 화나게 했어요?
베랑제	(데이지에게) 내 잘못이 아냐…….
카페 주인	(카페 여종업원에게) 죽은 고양이를 위해 관이 필요해……. 작은 것으로 찾아와…….
노신사	(베랑제에게) 난, 당신이 옳다고 생각합니다. 아시아 코뿔소는 뿔이 두 개고 아프리카 코뿔소는 하나지요…….

가게 주인	선생은 완전히 반대 주장을 펴시는군요.
데이지	(베랑제에게) 두 분 모두 틀렸어요!
노신사	(베랑제에게) 어쨌거나 당신 말이 맞아요.
카페 여종업원	(주부에게) 부인, 이리 오세요. 이 상자에 고양이를 넣으세요.
주부	(넋 나간 사람처럼 흐느끼며) 안 돼요! 그건 안 돼요!
가게 주인	미안하지만, 내가 보기엔 장이 옳은 것 같군요.
데이지	(주부 쪽으로 돌아서며) 좀 고정하세요, 부인! (데이지와 카페 여종업원은 고양이를 안고 있는 주부를 카페 입구로 데리고 간다.)
노신사	(데이지와 카페 여종업원에게) 내가 따라가도 됩니까?
가게 주인	아시아 코뿔소는 뿔이 하나고, 아프리카 코뿔소는 둘이라…… 그리고 그 반대의 경우도 맞죠…….
데이지	(노신사에게) 그럴 필요 없어요. (데이지와 카페 여종업원은 슬퍼하는 주부와 함께 카페 안으로 들어간다.)
가게 여주인	(창문에서 남편에게) 아니! 도대체 당신은 늘 남들과 다르게 생각한단 말씀야!
베랑제	(다른 사람들이 코뿔소에 관해 계속 얘기를 주고받는 동안, 혼잣말로) 그래, 데이지의 말이 옳아. 공연히 장을 화나게 했어. 그러지 말았어야 하는데…….

카페 주인	(가게 여주인에게) 바깥양반이 옳아요. 아시아 코뿔소는 뿔이 두 개이며, 마찬가지로 아프리카 코뿔소도 뿔이 두 개일 수 있어요. 물론 그 반대도 맞고요.
베랑제	(혼잣말로) 장은 자기와 생각이 다르면 조금도 참지 못해. 사소한 의견 차이에도 버럭 화를 낸단 말이야.
노신사	(카페 주인에게) 이봐요, 주인 양반! 당신이 틀렸어요.
카페 주인	(노신사에게) 죄송합니다……!
베랑제	(혼잣말로) 그의 유일한 결함은 화를 참지 못하는 거야.
가게 여주인	(창문에서 노신사, 카페 주인, 남편을 향해) 혹시 그 둘 모두가 똑같은 거 아닐까요?
베랑제	(혼잣말로) 장은 본래 마음이 착한 친구야. 내가 그동안 신세를 많이 졌지.
카페 주인	(가게 여주인에게) 만약 한 놈의 뿔이 두 개였다면, 분명 다른 놈의 뿔은 한 개였을 거야.
노신사	아마 한 놈의 뿔이 한 개였다면, 다른 놈의 뿔은 분명 두 개였을 거요.
베랑제	(혼잣말로) 장과 적당히 타협할걸 그랬어. 후회가 되는군. 그런데 그 친구는 왜 그렇게 고집이 센 걸까? 난 그의 기분을 그렇게 극단으로 몰고 갈 생각이 없었는데……. (다른 사람들에게) 장은 언제나 말도 안 되는 주장을 하곤 해요. 자기의 지식으로

주위 사람들을 놀라게 하고 싶어 하죠. 자기 생각
이 틀릴 수 있다는 건 절대 인정하지 않아요.

노신사 (베랑제에게) 무슨 증거라도 있습니까?

베랑제 증거라니요, 무슨 증거요?

노신사 방금 당신의 친구와 격론을 벌이던 중, 당신이 주
장했던 것에 대해서 말요…….

가게 주인 (베랑제에게) 맞아요, 증거 있습니까?

노신사 (베랑제에게) 코뿔소 두 마리 중, 한 놈은 뿔이 하
나, 다른 놈은 뿔이 두 개였다는 걸 어떻게 아셨
소? 그리고 뿔이 하나인 코뿔소가 어느 놈인지
어떻게 알았죠?

가게 여주인 그는 우리보다 더 몰라.

베랑제 우선, 우리는 코뿔소가 한 마리였는지, 두 마리였
는지조차 몰라요. 내 생각으론 한 마리였던 것 같
은데…….

카페 주인 그럼, 두 마리였다고 가정해 봅시다. 어떤 것이 뿔
이 하나였죠? 아시아 코뿔소입니까?

노신사 아닙니다. 난, 뿔이 두 개 달린 코뿔소가 아프리카
코뿔소라고 생각합니다.

카페 주인 어느 놈이 뿔이 두 개였다는 거죠?

가게 주인 그건 아프리카 코뿔소가 아닙니다.

가게 여주인 통 알 수가 없군요.

노신사 하지만 이 문제는 명확히 짚고 넘어가야 합니다.

논리학자 (잠시 생각한 끝에) 여러분, 내가 개입해서 미안합

	니다만, 문제는 그게 아닙니다. 우선 내 소개부터 드리죠…….
주부	(울먹이면서) 이분은 논리학자세요!
카페 주인	아, 논리학자시로군!
노신사	(논리학자를 베랑제에게 소개하며) 내 친구, 논리학자올시다!
베랑제	반갑습니다, 선생님.
논리학자	(계속 말을 이으며) ……난 논리학의 전문가입니다. 여기 신분증이 있어요.
	(그는 신분증을 제시한다.)
베랑제	만나 뵙게 돼서 영광입니다. 선생님.
가게 주인	우리 모두 영광입니다.
카페 주인	논리학자님, 그렇다면, 아프리카 코뿔소가 뿔이 하난지 어떤지 설명 좀 해 주시죠…….
노신사	아니면 뿔이 두 개인지…….
가게 여주인	그리고 아시아 코뿔소가 뿔이 두 개인지 어떤지…….
가게 주인	아니면, 한 개인지…….
논리학자	분명히 말하지만, 문제는 그게 아니에요. 무엇보다 내 임무는 문제를 명확히 하는 거죠.
가게 주인	하지만 우리가 알고 싶은 건 그 문젠데요.
논리학자	여러분, 제 얘기를 들어 봐요.
노신사	어디, 그의 말을 들어 봅시다.
가게 주인	(창문의 아내에게) 어디, 그의 말을 들어 보지.

카페 주인	자, 어서 말씀하세요.
논리학자	(베랑제에게) 난, 특히 당신에게 말하고 싶소. 여기 계신 모든 분들도 마찬가집니다만…….
가게 주인	우리에게도요…….
논리학자	보시죠. 우선 본의 아니게 논쟁이 여러분 자신과 동떨어진 문제로 흘러갔어요. 여러분은 방금 지나간 코뿔소가 지난번에 지나간 코뿔소인지 아닌지, 아니면 전혀 다른 놈인지부터 알아야 해요. 이 문제의 답을 찾지 않으면 안 됩니다.
베랑제	어떤 방법으로 찾죠?
논리학자	자, 보시죠. 여러분은 뿔이 하나인 동일한 코뿔소를 두 번 보았는지도 모르고…….
가게 주인	(보다 잘 이해하기 위한 듯, 논리학자의 말을 흉내 내며) 동일한 코뿔소를 두 번…….
카페 주인	(마찬가지로) 뿔이 하나인…….
논리학자	(계속 말을 이으며) ……여러분은 뿔이 두 개인 동일한 코뿔소를 두 번 보았을 수도 있어요.
노신사	(반복하며) 뿔이 두 개인 동일한 코뿔소를 두 번…….
논리학자	그렇죠. 여러분은 또한 뿔이 하나인 코뿔소에 이어서 역시 뿔이 하나인 또 다른 코뿔소를 보았을 수도 있지요.
가게 여주인	(창문에서) 아, 아, 그렇구나…….
논리학자	그리고 역시 뿔이 두 개인 코뿔소에 이어서 뿔이

두 개인 또 다른 코뿔소를 보았을 수도 있습니다.

카페 주인　그렇군요.

논리학자　이번에는 여러분이 본 것이…….

가게 주인　우리가 본 것이…….

노신사　그래요, 우리가 본 것이…….

논리학자　여러분이 본 것이 뿔이 두 개인 코뿔소 한 번인
　　　　지…….

카페 주인　뿔이 두 개인…….

논리학자　아니면…… 뿔이 하나인 코뿔소 두 번인지…….

가게 주인　뿔이 하나인…….

논리학자　……정확히 결론 내릴 수가 없습니다.

노신사　그렇다면 어쨌건 결론을 내릴 수 없겠군요.

카페 주인　왜 그렇죠?

가게 여주인　아니! 저런……. 통 알아들을 수가 없는걸.

가게 주인　허허, 참! 우스운 일이군!

　　　　(가게 여주인은 양어깨를 올리며 창문에서 사라진다.)

논리학자　사실, 방금 전의 그 코뿔소가 뿔 하나를 잃어버렸
　　　　을 수도 있어요. 따라서 뒤이어 나타난 코뿔소가
　　　　방금 전의 그 코뿔소일 수도 있단 말입니다.

베랑제　아, 그렇군요. 그런데…….

노신사　(베랑제의 말을 가로막으며) 그의 말을 끊지 마시오.

논리학자　뿔이 두 개인 코뿔소 두 마리가 모두 그들의 뿔
　　　　하나씩을 잃어버렸을 수도 있어요.

노신사　그럼, 가능한 일이야.

카페 주인	그래요, 그럴 수 있죠.
가게 주인	물론이죠!
베랑제	그래요, 그렇지만…….
노신사	(베랑제에게) 잠자코 있으라니까요!
논리학자	만약 여러분이 뿔이 하나인 코뿔소를 처음 보았다고 해도 그 코뿔소가 아시아 코뿔소인지 아프리카 코뿔소인지…….
노신사	아시아 코뿔소인지 아프리카 코뿔소인지…….
논리학자	……뿔이 두 개인 코뿔소를 두 번 보았다 해도…….
노신사	뿔이 두 개인……!
논리학자	……중요하진 않지만 그놈이 아프리카 코뿔소인지, 아니면 아시아 코뿔소인지…….
가게 주인	아프리카 코뿔소인지 아니면 아시아 코뿔소인지…….
논리학자	(논증을 계속하면서) ……이제 우리는 두 마리의 다른 코뿔소에 관해 살펴봐야 결론을 내릴 수 있어요. 왜냐하면 두 번째 뿔이 몇 분 만에 코뿔소의 코에서 돋아날 가능성은 거의 없기 때문입니다…….
노신사	그럴 가능성은 거의 없죠.
논리학자	(자신의 추론에 매우 흡족해하며) ……그러니 이젠 아시아 코뿔소인지, 아니면 아프리카 코뿔소인지 알아봐야겠죠……
노신사	아시아 코뿔소인지, 아프리카 코뿔소인지라…….

논리학자   …… 그러니까 아시아 코뿔소, 아니면 아프리카 코뿔소는…….

카페 주인   아프리카 아니면 아시아.

가게 주인   글쎄, 무슨 말인지…….

논리학자   …… 그런데 논리학의 명증성으로 볼 때, 같은 피조물이 동시에 두 장소에서 생겨나긴 불가능하단 말씀이죠.

노신사   연속적으로 태어날 수도 없죠.

논리학자   (노신사에게) 바로 그 점이 증명돼야 합니다.

베랑제   (논리학자에게) 하여튼 알겠습니다만, 그것이 문제를 해결해 주지는 않습니다.

논리학자   (자신만만한 태도로 미소를 띠며, 베랑제에게) 물론이죠, 선생. 내 말은 문제란 본래 이런 식으로 정확하게 제기돼야 한다는 겁니다.

노신사   정말 논리적이로군.

논리학자   (모자를 벗으며) 여러분, 그럼 안녕……. 또 봅시다. (그는 돌아서서 왼쪽으로 퇴장한다. 노신사가 그의 뒤를 따라간다.)

노신사   여러분, 그럼 안녕……. 또 봅시다. (그는 모자를 벗고 논리학자의 뒤를 따라 퇴장한다.)

가게 주인   이런 게 논리학인가……. 글쎄 논리적이긴 한데……. (그때 카페에서 상복을 입은 주부가 작은 상자를 들고 나온다. 그녀의 뒤를 데이지와 카페 여종업원이 따른다. 마치 장례식 행렬과도 같다. 행렬은 오른쪽 출구로 향한다.)

가게 주인	(계속해서) ……좀 논리적이긴 한데……. 그렇지만 고양이가 우리 앞에서 코뿔소에게 짓밟혀 죽었다는 사실은 인정하지 않을 수 없어. 그놈이 뿔이 하나든 둘이든, 아시아 코뿔소든 아프리카 코뿔소든 상관없이 말이야. (그는 연극적 제스처를 취하며, 퇴장하는 행렬을 가리킨다.)
카페 주인	맞아요, 그가 옳아요! 우린 고양이가 코뿔소에 의해, 혹은 그 어떤 것에 의해서 죽음을 당했다는 걸 허용할 수 없어요.
가게 주인	그걸 허용할 수 없습니다!
가게 여주인	(가게 문을 통해 머리를 내밀면서, 남편에게) 여보, 들어오지 않고 뭐 해요? 손님들 와요!
가게 주인	(가게로 돌아오며) 그럼, 결코 허용할 수 없어!
베랑제	장과 말다툼을 하지 말았어야 했어! (카페 주인에게) 코냑 한 잔 주세요! 큰 잔으로요!
카페 주인	곧, 가져갑니다!
	(그는 카페 안으로 코냑 잔을 가지러 간다.)
베랑제	(혼자서) 나는…… 나는 장을 화나게 하지 말았어야 했어! (카페 주인은 커다란 코냑 잔을 들고 나온다.) 괴로워서 미술관에 갈 맘이 통 나질 않아. 교양을 쌓는 일은 다음으로 미루어야겠어.
	(그는 코냑 잔을 치켜든다. 그것을 마신다.)

— 막 —

2막

1장

무대 장치

　공공 기관의 행정실 혹은 법률 서적 출판사 등과 같은 개인 회사 사무실. 무대 안쪽 한가운데 두 짝의 미닫이문이 있고, 그 위에 '부장실'이란 글자판이 보인다. 그 부장실 입구 왼쪽으로 데이지의 작은 책상과 타자기가 놓여 있다. 계단 쪽으로 통하는 문과 데이지의 책상 사이에 또 다른 책상 하나가 왼쪽 벽에 붙어 있다. 그 위에 출근부가 놓여 있다. 직원들은 사무실에 도착하자마자 출근부에 서명한다. 왼쪽 무대 앞으로 계단으로 통하는 문이 있고, 이 계단의 마지막 부분과 난간의 상부, 층계참 등이 보인다. 무대 앞쪽에 책상 하나와 의자 두 개가 있다. 책상 위에는 교정쇄와 잉크, 펜대가 있다. 거기서 보타르와 베랑제가 일한다. 베랑제는 왼쪽 의자에, 보타르는 오른쪽 의자에 앉을 것이다. 오른쪽 벽 근처에 보다 큰 사각형 책상이 있고, 거기엔 서류들과 교정쇄들이 쌓여 있다. 이 책상 옆에 역시 의자 두 개가 마주 보고 있는데, 보다 우아하고 '고급스러운' 것들이다. 여기서 뒤다르와 뵈프가 일한다. 뒤다르의 자리는 벽쪽의 의자이며, 그의 앞에 다른 직원들이 있다. 그는 이 사무실의 주임이다. 안쪽 문과 오른쪽 벽 사이에 창문이 하나 있다. 오케스트라 박스가 있는 극장이라면 무대 앞, 객석 부근에 단순히 창틀을 놓는 것도 무방하다. 무대 오른편 안쪽 구석에 옷걸이가 있다. 거기에 회색 작업복과 낡은 양복 상의들이 걸려 있다. 경우에 따라서 옷걸이는 오른쪽 벽 가까이 무대 앞에 배치해도 된다.

벽에는 책들과 먼지가 뽀얀 서류들이 나란히 꽂혀 있다. 무대 안, 왼쪽 책꽂이에는 '판례'와 '법전'이라고 쓰인 팻말이 붙어 있다. 역시 오른쪽 벽에 '관보', '재정법'이라고 쓰인 팻말이 비뚤어진 모습으로 걸려 있다. 부장실 문 위에 걸린 괘종시계는 9시 3분을 가리킨다.

막이 오르면, 뒤다르가 자기 자리 옆에 서 있는 모습이 보인다. 객석에서는 그의 오른쪽 옆모습이 보일 것이고, 책상의 반대편에 보타르가 있는데, 관객은 그의 왼쪽 옆모습을 볼 것이다. 두 사람 사이에 부장의 책상이 있고, 그는 객석과 마주 보고 앉아 있다. 데이지는 부장의 왼편, 약간 뒤에 있다. 그녀는 타이핑한 서류들을 손에 들고 있다. 이 세 사람이 둘러앉은 책상 교정지들 위로 신문이 넓게 펼쳐져 있다.

막이 오르면, 잠시 동안 등장인물들은 부동의 모습으로 있다가 첫 대사와 함께 움직이기 시작할 것이다. 즉 '살아 움직이는 장면'으로 변할 것이다. 1막의 경우도 이와 같은 상태였을 것이다.

부장은 50세가량으로 정장 차림이다. 그는 검푸른 양복에 국가

유공 훈장을 달고 있으며, 풀 먹여 세운 칼라, 검은 넥타이, 얼굴엔 갈색의 큰 콧수염이 있다. 그의 이름은 파피용이다.

뒤다르는 35세이며, 회색 양복을 입고 있다. 그는 양복 저고리를 보호하기 위해 검은색 소매 커버를 끼고 있다. 큰 키에 안경을 쓰고 있으며, 장래가 유망한 사원이다. 파피용 부장이 국장으로 승진하면 뒤다르가 그 자리를 차지할 것이다. 보타르는 그를 좋아하지 않는다.

보타르는 은퇴한 전직 교사다. 다소 거만한 태도에 얼굴에는 자그마한 콧수염이 있다. 그는 60대의 건장한 남자 모습이다.(그는 무엇이든 다 알고, 다 이해하는 척한다.) 베레모를 쓰고, 회색의 긴 작업복을 걸치고 있다. 강하게 보이는 코안경을 썼고, 귀에 연필을 꽂고 있다. 그 역시 소매 커버를 끼고 있다.

데이지는 금발의 젊은 아가씨다.

얼마 후, 뵈프란 이름의 부인이 눈물을 머금은 채, 숨을 헐떡거리며 사무실로 들어올 것이다. 그녀는 40~50대의 뚱뚱한 여자다.

막이 오르면 등장인물들은 모두 오른쪽 책상 주변에 부동자세로 서 있다. 부장은 손으로 신문을 잡으려는 듯한 동작을 하고 있다. 뒤다르는 보타르를 향해 손짓을 하며, "아무튼 당신은 잘 알고 있어요!"라고 말하는 듯하다. 보타르는 입가에 억지 미소를 띠고 호주머니에 손을 넣은 채, "아무도 날 못 속여!"라고 말하는 듯하다. 데이지는 손에 타이프 용지를 들고 눈으로 뒤다르를 지지하는 듯한 표정이다.

몇 초가 흐른 뒤, 보타르가 말한다.

보타르   거, 무슨 말이야! 모두 잠꼬대 같은 얘기들이야!

데이지   난 봤어요, 코뿔소를 봤다고요.

뒤다르   신문에 났으니, 분명해……. 암. 당신은 그걸 부인
         할 수 없습니다.

보타르   (더욱 심하게 업신여기는 태도로) 쯔쯔쯧……!

뒤다르   신문에 났다고요. 자, 봐요. 밟혀 죽은 고양이에
         관한 기사를……! 부장님도 여기 신문 기사를 보
         세요!

파피용   "어제, 일요일, 오전 11시경 시내 교회 앞 광장에
         서 고양이 한 마리가 후피 동물에게 밟혀 죽었다."

데이지   정확히 교회 앞 광장은 아니었지만……!

파피용   이게 전부야. 별다른 설명이 없군.

보타르   쯔쯔쯧!

뒤다르   그걸로 충분합니다. 확실해요.

보타르   난, 신문 기자들을 믿지 않아. 그들 모두가 거짓
         말쟁이라고. 난, 내 나름으로 세상 살아가는 법을
         터득하고 있어. 눈에 보이는 것만 믿지. 학교 선생
         출신으로서 말이야. 과학적으로 증명된 것, 명확
         한 것만 믿는다고. 그럼, 아무쪼록 명확하고 합리
         적인 정신을 가지고 있으니까 말이야.

뒤다르   지금 합리적인 정신이 무슨 소용이 있습니까?

데이지   (보타르에게) 보타르, 나도 이 뉴스가 정확하다고
         생각해요.

보타르   당신은 뉴스가 정확하다고 봅니까? 이것 봐요. 어

떤 후피 동물이 문제가 되는 거죠? 도대체 짓밟혀 죽은 고양이를 기사화한 기자는 후피 동물에 대해 아무런 설명도 하고 있지 않다고. 그리고 고양이의 죽음을 통해 뭘 얘기하려는 거야?

뒤다르   하지만, 고양이가 뭔지는 모두 알고 있잖습니까?

보타르   그럼, 문제의 고양이가 숫놈이오, 암놈이오? 어떤 색이죠? 어떤 종입니까? 난 인종 차별주의자가 아니오, 오히려 인종 차별에 반대하는 사람이올시다.

파피용   이봐요, 보타르, 문제는 그게 아녜요. 갑자기 인종 차별주의는 웬 말입니까?

보타르   아, 부장님, 죄송해요. 하지만 인종 차별이 오늘날 큰 오류 중 하나임은 부정할 수 없습니다.

뒤다르   물론이죠, 우리 모두 동의합니다만, 문제는 그게 아니고…….

보타르   뒤다르, 그 문제를 가볍게 다룰 순 없어. 역사적 사실들이 증명하듯, 인종 차별의 문제는 중요하다고…….

뒤다르   글쎄, 그 문제가 아니라니까요.

보타르   아무도 부정할 수 없을 거야.

파피용   지금 이야기 주제는 인종 차별에 관한 게 아니란 말입니다.

보타르   이 문제를 널리 홍보할 기회이니 놓쳐서는 안 됩니다.

데이지   여기 인종 차별주의자는 아무도 없어요. 자꾸 문

제를 딴 데로 가져가지 마세요. 지금 우리의 화제
는 후피 동물에 밟혀 죽은 고양이란 말입니다. 바
로 코뿔소란 후피 동물 말예요.

보타르   난, 남쪽 지방 출신이 아닙니다. 남프랑스 사람들
은 상상력이 풍부하지. 그러니까 이번 일도 생쥐
에게 밟혀 죽은 벼룩이 정도가 아닐까…… 그걸
과장해서 쓴 거야.

파피용   (뒤다르에게) 자, 그럼 사건을 좀 정리해 보자고. 그
러니까 코뿔소가 시내 한복판에서 걸어 다니는
걸 직접 보았단 말이지?

데이지   걸어 다닌 게 아니라 뛰어다녔어요.

뒤다르   난, 직접 보지는 못했습니다만, 믿을 만한 사람들이
그러니…….

보타르   (그의 말을 가로막으며) 자네도 알다시피, 그건 허
무맹랑한 소리야. 신문사 기자들이란 사장의 하
수인에 불과해. 그저 사장에 잘 보이려고, 아니면
형편없는 신문을 팔아먹기 위해 사건을 조작했
을 거야. 그래, 그들의 말을 믿다니! 뒤다르, 자네
처럼 법과 대학을 나온 법 전공자가 그걸 믿다니.
웃음이 나오는군, 하!하!하!

데이지   난, 그 동물을 봤어요. 코뿔소를 봤다고요. 정말
이에요.

보타르   설마! 아가씨는 신중한 사람인 줄 알았는데!

데이지   보타르, 제가 잘못 본 게 아니라니까요! 혼자만

본 것도 아니고…… 제 주위에 여럿이 그걸 봤다고요.

보타르　쯔쯔쯧……! 혹시 뭔가 다른 걸 봤겠지……! 그저 할 일 없이 산책하는 사람들이거나 한가로운 사람들이었을 테니까.

뒤다르　어젠 일요일이었어.

보타르　난 일요일에도 일한다네. 난, 사람들을 교회에 모아 놓고, 설교하는 목사 말을 믿지 않아. 땀 흘리며 열심히 일하고, 돈 버는 것을 방해할 뿐이야!

파피용　(분개하며) 아니, 말씀이 지나치시군!

보타르　미안합니다. 부장님을 화나게 하려고 한 건 아닌데……. 내가 종교를 존중하지 않는 게 꼭 종교를 무시한다는 뜻은 아닙니다. (데이지에게) 어쨌거나, 아가씬 코뿔소가 어떤 동물인지 아쇼?

데이지　그것은…… 굉장히 큰, 보기 흉한 동물이죠!

보타르　정확히 알고 있다고 자만하시는군! 아가씨, 에…… 코뿔소는 말이야…….

파피용　지금 코뿔소에 관해 강의하는 겁니까? 여긴 학교가 아니라고요.

보타르　그것 참…… 유감스럽군요.
　　　　(마지막 대사들을 주고받을 즈음, 계단을 올라오는 베랑제의 모습이 보인다. 사무실 문을 살며시 연다. 문이 열리면서 '법률 출판사'라고 쓰인 푯말이 보인다.)

파피용　(데이지에게) 아! 9시가 넘었군. 데이지 양, 출근부

를 이리 가져와요. 지각한 사람들에겐 미안한 일
이지만!

(데이지는 출근부가 있는 왼쪽의 작은 책상으로 간다.
그때 베랑제가 들어온다.)

베랑제 (다른 사람들이 논쟁을 계속하는 동안, 들어오면서 데
        이지에게) 안녕, 데이지? 아직 늦지 않았죠?

보타르 (뒤다르와 파피용에게) 난, 무지와 싸우고 있어요!
        그것이 있는 곳은 어디서든 싸울 준비가 돼 있어
        요……!

데이지 (베랑제에게) 베랑제, 서두르세요.

보타르 ……궁전에서든, 초가집에서든!

데이지 (베랑제에게) 출근부에 서명하세요!

베랑제 오! 고마워요! 부장님은 오셨어요?

데이지 (입에 손가락을 대고, 베랑제에게) 쉿! 예, 오셨어요.

베랑제 벌써……? 이렇게 일찍?

        (그는 서둘러 출근부에 서명한다.)

보타르 (계속해서) 어디서든지! 심지어는 출판사에서
        도…….

파피용 (보타르에게) 보타르, 내가 보기에…….

베랑제 (출근부에 서명하고, 데이지에게) 하지만 아직 9시
        10분도 안 됐는데…….

파피용 (보타르에게) ……내가 보기에 당신은 예의의 한계
        를 벗어나고 있어요.

뒤다르 (파피용에게) 저 역시, 그렇게 생각합니다, 부장님.

파피용	(보타르에게) 내 밑의 부하이며 당신의 동료인 뒤다르를 그렇게 무식한 사람으로 취급하는 건 지나칩니다. 그는 법과 대학 출신의 우수한 직원인데 말이오…….
보타르	뭐, 제가 그렇게까지야 생각하겠습니까…… 만은……. 아무튼 단과 대학이든 종합 대학이든 대학이란 것은 국민학교만도 못해요.
파피용	(데이지에게) 어서 출근부 가져와요!
데이지	(파피용에게) 여기 있습니다.
	(데이지는 부장에게 출근부를 건넨다.)
파피용	(베랑제에게) 어, 베랑제도 왔구먼!
보타르	(뒤다르에게) 오늘날의 대학인들에겐 정확한 이념과 탐구 정신, 실용적 감각이 부족해요.
뒤다르	(보타르에게) 그래서요!
베랑제	(파피용에게) 안녕하세요, 부장님. (베랑제는 이 세 사람의 그룹을 우회하여 부장 뒤에 있는 옷걸이 쪽으로 간다. 그는 입고 있던 양복을 벗어 걸고, 작업복 혹은 낡은 저고리로 갈아입는다. 그러고 나서 자기 책상으로 가, 서랍 속의 검은 소매 덮개를 찾는다. 그는 모두에게 인사한다.) 안녕하세요, 부장님! 죄송해요, 하마터면 지각할 뻔했어요. 뒤다르, 잘 있었나! 안녕하세요, 보타르!
파피용	이봐, 베랑제, 자네도 코뿔소를 봤나?
보타르	(뒤다르에게) 대학교수들은 삶을 전혀 모르는 추

상적인 사람들이란 말이야.

뒤다르 (보타르에게) 터무니없는 말씀!

베랑제 (지각한 것이 미안한 듯, 대단한 열의로 일을 시작하려고 사무용품들을 정돈한다. 그리고 파피용에게 자연스러운 말투로) 그럼요, 코뿔소를 봤어요!

보타르 (돌아서며) 쯔쯔쯧!

데이지 아! 그것 보세요. 내가 정신 나간 소릴 한 게 아니라고요!

보타르 (빈정거리며) 오! 베랑제는 환심을 사려고 그렇게 말하는 거야. 그리 말하지 않아도, 그는 여자의 환심을 살 만하지.

뒤다르 코뿔소를 봤다는 게 환심을 사려고 하는 말이라고요?

보타르 물론이지. 그 말이 데이지의 엉터리 같은 얘길 지지하니까……. 모두 데이지의 환심을 사려고 하니…… 알 만한 일이지.

파피용 보타르, 악의적으로 말하지 마세요. 베랑제는 우리의 논쟁과 상관없어요. 지금 막 도착했잖소.

베랑제 (데이지에게) 당신도 코뿔소를 봤죠? 우린 정말 봤다니까요.

보타르 쯔쯔쯧! 베랑제는 자기가 코뿔소를 봤다고 생각하는 모양이야. (그는 베랑제 등 뒤에서 술 마시는 시늉을 한다.) 상상력이 대단하거든. 베랑제와 함께라면 무슨 일이든 불가능한 게 없지!

베랑제	코뿔소는 나 혼자 본 게 아닙니다. 코뿔소가 한 마리였던가, 아니면 두 마리였던가…….
보타르	거 보라고, 몇 마린지도 모르잖아!
베랑제	내 옆에 장이라는 친구가 있었어요……! 물론 다른 사람들도 있었죠.
보타르	(베랑제에게) 허허, 자네 횡설수설하고 있군.
데이지	뿔이 하나인 코뿔소였죠.
보타르	쯔쯔쯧! 이 두 사람이 우릴 놀리려고 공모를 하고 있군 그래!
뒤다르	(데이지에게) 내가 들은 바로는 코뿔소의 뿔이 두 개라던데…….
보타르	그 점이 일치하지 않으면 곤란하지…….
파피용	(시간을 보며) 자, 이제 그만둡시다. 시간이 많이 흘렀어요.
보타르	베랑제, 당신이 본 코뿔소가 한 마립니까, 두 마립니까?
베랑제	글쎄요! 말하자면…….
보타르	잘 모르는군. 데이지 양은 뿔이 하나인 코뿔소 한 마리를 보았다고 했네. 만약 자네가 코뿔소를 보았다면 그 코뿔소는 뿔이 하나였나, 둘이었나?
베랑제	글쎄요, 말하자면…… 그게 문제예요.
보타르	모든 게 오리무중이로군.
데이지	오!
보타르	자네를 화나게 하고 싶진 않지만, 얘기를 전혀 믿

을 수가 없네! 이 고장에서 코뿔소를 본 사람은 아무도 없으니까.

뒤다르 한 번이라도 보았다면, 그걸로 충분합니다!

보타르 결코 코뿔소를 본 적이 없다고! 학생들 교재 속에 나오는 코뿔소 그림을 제외하고 말이야! 자네들이 말하는 코뿔소는 그저 여자들의 머릿속에서나 풍성할 법하네.

베랑제 코뿔소에 '풍성하다'란 표현을 쓰는 건 어울리지 않는데요.

뒤다르 옳습니다.

보타르 (계속해서) 자네가 말하는 코뿔소는 신화 속의 코뿔소니까!

데이지 신화라고요?

파피용 자, 자…… 그만 일합시다.

보타르 (데이지에게) 비행접시 얘기 같은 신화란 말이야!

뒤다르 그렇지만 짓밟혀 죽은 고양이가 있습니다. 그걸 부인할 순 없어요!

베랑제 그건 내가 증명할 수 있어요.

뒤다르 (베랑제를 가리키며) 증인들이 여럿 있어요!

보타르 저런 증인을 믿다니……!

파피용 자, 자, 여러분, 그만!

보타르 (뒤다르에게) 이봐, 뒤다르, 그걸 군중 심리라고 하는 거야! 민중의 아편인 종교와도 같은 것이지!

데이지 아무튼 좋아요, 난 비행접시의 존재를 믿어요!

보타르	쯔쯔쯧!
파피용	(단호하게) 됐어, 그만해. 과장이 너무 지나치군. 잡담들 그만하라고! 코뿔소가 있든 말든, 비행접시가 있든 말든, 우린 우리 일을 해야 해! 우화 속이든 현실이든 동물에 관한 얘기나 하며 시간을 낭비하라고 회사에서 월급 주는 줄 아나, 엉?
보타르	그건 우화야!
뒤다르	아뇨, 현실입니다!
데이지	정말 현실이에요.
파피용	여러분, 다시 한번 주의를 주겠소. 일에 집중하도록 해요. 이런 비생산적인 논쟁은 이제 그만둡시다…….
보타르	(기분이 상해 빈정대며) 좋습니다, 파피용. 당신은 부장이고, 그렇게 명령하시니, 우린 복종해야죠.
파피용	자, 서두릅시다. 난 여러분의 월급에서 벌과금 떼는 경우를 원치 않는다고! 뒤다르, 금주(禁酒)에 관한 법률 해설은 어디까지 진행됐지?
뒤다르	요점 정리 중입니다, 부장님.
파피용	서둘러 끝내도록 해 주게. 베랑제와 보타르는 포도주 '검사필' 법규에 관한 교정쇄 작업을 끝냈습니까?
베랑제	아직 덜 됐습니다. 한창 진행 중이니, 곧 끝날 겁니다.
파피용	마지막 수정까지 끝내 줘요. 인쇄소에서 기다리

는 중이야. 데이지 양은 우편물에 내가 서명할 수 있도록 속히 사무실로 와요. 서둘러 타이핑해서 말이야.

데이지 예, 알았습니다. 부장님.

(데이지는 그녀의 책상으로 가서 타이핑을 한다. 뒤다르도 자리에 앉아 일하기 시작한다. 베랑제와 보타르는 자신들의 자리에 앉아 있다. 객석에선 두 사람의 옆모습을 볼 수 있다. 보타르의 뒤편에 계단 문이 있다. 보타르의 안색이 별로 좋아 보이지 않는다. 베랑제는 의욕이 없고 몸이 나른한 듯하다. 그는 교정쇄들을 배치하고 보타르에게 원고를 넘긴다. 보타르는 불만스러운 표정으로 앉아 있다. 그때 파피용이 문을 쾅 닫고 나간다.)

파피용 자, 그럼 나중에 봅시다!

(그는 퇴장한다.)

베랑제 (그는 원고를 읽으면서 수정한다. 보타르는 연필로 밑줄을 그으며 원고를 읽는다.) 소위 포도주 '검사필' 특산지에 관한 법규는…… (그는 수정한다.) 검자…… 필이 아니라 검사…… 필이고…… (그는 수정한다.) 높은 구릉 밑에 있는 지방, 보르도의 검사필 포도주들, 높은 구릉 밑에 있는 지방이라…….

보타르 (뒤다르에게) 내겐, 그런 내용이 없는데…… 한 줄 건너뛰어 읽었군!

베랑제   다시 읽을게요. 검사필 포도주들…….

뒤다르   (베랑제와 보타르에게) 목소리 좀 낮추세요. 두 사
         람 말소리 때문에 집중할 수가 없어요.

보타르   (베랑제 머리 위로 뒤다르에게, 방금 전 하던 논쟁을
         다시 끄집어낸다. 그동안 베랑제는 혼자 작업한다. 그
         는 소리 없이 읽으며 입술을 움직인다.) 그건 속임수
         요!

뒤다르   속임수라고요? 뭐가 그렇단 말이죠?

보타르   물론, 코뿔소에 관한 자네의 이야기 말이야! 바로
         자네의 선전이 소문을 퍼뜨리고 있다고!

뒤다르   (일손을 멈추며) 무슨 선전을 말하는 거죠?

베랑제   (말참견하며) 그건 선전이 아닙니다…….

데이지   (타이핑을 멈추며) 다시 한번 말하는데 나도 분명
         히 보았어요. 나뿐 아니라 다른 사람들도 보았다
         니까요.

뒤다르   (보타르에게) 웃기지 좀 마세요……! 선전이라니!
         무슨 목적으로 선전한다는 거죠?

보타르   (뒤다르에게) 글쎄올시다……. 나보다 자네가 더
         잘 알 텐데. 시치미 떼지 말라고.

뒤다르   (화를 내며) 어쨌든, 보타르, 내 월급은 퐁테네그랭
         사람들이 주지 않습니다.[1]

---

1) '퐁테네그랭 사람들'(Ponténégrins)은 '아프리카 콩고의 수도인 브라자빌
사람들'을 의미한다. 뒤다르의 인종차별적인 발언에 보타르가 분노한다.

보타르   (화가 나서 얼굴이 붉게 변하며, 주먹으로 책상을 내리
친다.) 이건 모욕이야. 용서할 수 없어…….
(보타르가 자리에서 일어난다.)

베랑제   (애원하는 목소리로) 보타르, 제발…….

데이지   뒤다르, 제발 그만둬요…….

보타르   이건 모욕이라고…….
(부장실의 문이 갑자기 열린다. 보타르와 뒤다르는 재
빨리 자리에 앉는다. 부장은 출근부를 들고 있다. 그
가 나타나자 갑자기 침묵이 흐른다.)

파피용   오늘 뵈프는 오지 않았나?

베랑제   (주위를 살펴보며) 예, 그가 안 보이는데요.

파피용   지금, 그가 있어야 하는데! (데이지에게) 어디 아
픈가, 아니면 무슨 사정이라도 있는 건가? 연락은
없었나?

데이지   아무 연락도 없었어요.

파피용   (문을 힘차게 열고 들어간다.) 계속 이런 식으로 나
오면 그 친구는 해고야. 날 당혹스럽게 만든 게
한두 번이 아니라고. 지금까진 눈감아 주었지만
더는 용서할 수 없어……. 혹시 그의 책상 열쇠 가
지고 있는 사람 있어요?
(바로 그때, 뵈프 부인이 들어온다. 방금 전 대사가 말
해지는 동안 그녀가 마지막 계단을 아주 급히 올라오
는 모습이 보인다. 그녀가 부리나케 문을 연다. 공포에
질린 표정으로 숨을 몰아쉰다.)

베랑제	아니, 뵈프 부인 아니십니까?
데이지	안녕하세요, 부인.
뵈프 부인	안녕하세요, 부장님! 안녕하세요, 여러분!
파피용	아니, 당신 남편은 어디 가고……? 무슨 일이 생겼나요? 더 이상 일하기 싫다고 합디까?
뵈프 부인	(숨을 헐떡거리며) 그를 용서해 주세요……. 남편을 용서하세요……. 주말에 외출했다 가벼운 감기에 걸렸어요.
파피용	아! 가벼운 감기에 걸렸다고요!
뵈프 부인	(부장에게 종이를 내밀며) 이것 보세요. 남편의 전보입니다. 수요일에 돌아오고 싶다는 내용이에요……. (거의 기절할 정도로) 물 한 잔만 주세요……. 그리고 의자도 좀……. (베랑제가 무대 중앙에 자신의 의자를 가져다 놓는다. 거기에 뵈프 부인이 털썩 앉는다.)
파피용	(데이지에게) 부인에게 물 한 잔 갖다 드려.
데이지	잠시만요! (데이지는 뵈프 부인에게 물잔을 갖다주고 마시도록 권한다. 그동안 몇 마디 말들이 오고 간다.)
뒤다르	(부장에게) 부인의 심장에 이상이 있는 것 같은데요.
파피용	뵈프의 무단결근은 정말 난처해요. 하지만 그게 부인을 그렇게 공포에 떨게 할 이유는 못 되죠!
뵈프 부인	(힘겹게 억지로) 그것은…… 그…… 것…… 은 바로…… 집에서 여기까지 코뿔소가 날 따라왔기

때문이에요…….

베랑제   뿔이 하나 달린 겁니까, 둘 달린 겁니까?

보타르   (박장대소하며) 제발 웃기지 좀 말게!

뒤다르   (분개하며) 부인 얘기를 들어 봐요!

뵈프 부인   (자세히 설명하려고 애쓰면서, 손가락으로 계단을 가리킨다.) 저기 코뿔소가 있어요, 출입구 아래쪽에. 계단을 올라오려고 하는 것 같아요.

(바로 그 순간, 소음이 들린다. 아마도 엄청난 무게로 계단이 붕괴되는 듯하다. 아래쪽에서 고통스러워하는 코뿔소 울음소리가 들린다. 계단이 무너지면서 발생한 먼지가 사방으로 퍼지자, 허공에 매달려 있는 층계참이 보인다.)

데이지   아이고 맙소사……!

뵈프 부인   (의자 앉은 채, 가슴에 손을 얹고) 오! 아!

(베랑제가 뵈프 부인을 보살핀다. 그녀의 볼을 쓰담으면서 마실 것을 권한다.)

베랑제   진정하세요!

(그동안에 파피용, 뒤다르, 보타르는 서둘러 왼편으로 달려가 서로 문을 열려고 아우성이다. 그들의 시야에 먼지에 휩싸여 있던 층계참이 다시 보인다. 코뿔소 울음소리가 계속해서 들린다.)

데이지   (뵈프 부인에게) 부인, 좀 어때요, 괜찮아요?

파피용   (층계참에서) 저기 있군. 아래쪽! 한 마리야!

보타르   아무것도 안 보여요……. 착각입니다.

뒤다르   아니에요, 저 아래를 보세요. 코뿔소가 원을 그리며 돌고 있어요.

파피용   여러분, 의심할 것 없어요. 그놈이 둥글게 돌고 있다고.

뒤다르   그놈은 절대 올라오지 못할 거야. 계단이 없으니까.

보타르   정말 이상한 일이야. 대체 이게 무슨 일이지…….

뒤다르   (베랑제를 향해 고개를 돌리며) 이리 와 봐. 저기, 자네가 봤다는 그 코뿔소가 있어.

베랑제   어디…….

        (베랑제는 충계참 쪽으로 급히 달려간다. 데이지도 뵈프 부인을 내버려 두고 베랑제의 뒤를 따라간다.)

파피용   (베랑제에게) 자, 코뿔소 전문가인 자네가 좀 보게.

베랑제   난, 코뿔소 전문가가 아닙니다…….

데이지   오! 저것 봐요……. 코뿔소가 원을 그리며 돌고 있어요. 고통스러워 보이는 모습이에요. 왜 그럴까요?

뒤다르   누군가를 찾는 것 같은데요. (보타르에게) 선생도 지금 보고 계십니까?

보타르   (기분이 상해서) 물론이오, 보고 있소!

데이지   (보타르에게) 혹시 우리 모두 허깨비를 보고 있는 건 아닐까요? 당신도 역시…….

보타르   아니, 난 허깨비를 보고 있지 않아요. 아무튼 밑에 뭔가 있어요.

뒤다르   (보타르에게) 뭐요, 뭔가 있다니요?

파피용   (베랑제에게) 코뿔소 맞지? 바로 자네가 보았다는

그 코뿔소 말이야? (데이지에게) 그리고 데이지 양
도 보았다고 했지?

데이지   네, 물론이죠.

베랑제   뿔이 두 개로군요. 저놈은 아프리카 코뿔소, 아니
면 아시아 코뿔소입니다. 아! 아프리카 코뿔소가
뿔이 두 개였나, 하나였나, 통 모르겠군!

파피용   저놈이 계단을 무너뜨렸어. 오히려 잘됐어. 그 일
은 벌써 일어났어야 했지! 난, 오래전에 사장에게
이 낡은 계단을 시멘트 계단으로 바꾸자고 요청
했었단 말이야.

뒤다르   아직 일주일밖에 안 됐어요. 제가 보고서를 올렸
잖아요, 부장님.

파피용   아무튼 벌써 일어났어야 할 일이야. 예상했던 일
이지. 내 생각이 옳았어.

데이지   (빈정거리며 파피용에게) 부장님은 언제나 옳았
죠……!

베랑제   (뒤다르와 파피용에게) 그런데, 뿔이 둘 달린 놈이
아프리카 코뿔소입니까, 아니면, 아시아 코뿔소입
니까? 하나 달린 놈이 아프리카종인지 아니면 아
시아종인지 통 알 수가 없어……?

데이지   불쌍한 짐승 같으니. 좀처럼 울음을 멈추지 못하
네요. 계속 빙빙 돌고 있어요. 왜 그런 걸까? 오!
우리를 보고 있어요. (코뿔소를 향해) 귀여운 고양
이, 고양이…… 고양이…….

뒤다르   당신은 그놈을 쓰다듬지 못할 거요. 모르긴 해도
         길들여져 있지 않을 테니까…….

파피용   어쨌든, 여기까지 오진 못할 거야.

         (코뿔소가 무섭게 고함을 지른다.)

데이지   가엾은 짐승!

베랑제   (추궁하는 듯 보타르에게) 지식이 풍부하신 선생님,
         당신은 정반대로 뿔이 둘 달린 코뿔소가……?

파피용   이봐, 베랑제, 횡설수설하지 말게. 자넨 여전히 애
         매한 말만 하고 있어. 보타르 말이 옳다고.

보타르   문명국에서 어떻게 이런 일이…….

데이지   (보타르에게) 맞아요. 하지만 정말 코뿔소가 있잖
         아요.

보타르   이건 치욕스러운 음모에 불과해! (마치 연단에서
         연설하는 듯한 제스처를 취하며 손가락으로 뒤다르를
         가리킨다. 뒤다르를 무섭게 노려보며) 바로 당신 탓
         이야.

뒤다르   왜 내 탓입니까, 선생님 탓은 아닌가요?

보타르   (격분하며) 내 탓이라고? 언제나 책임을 약자 탓
         으로 돌리는군. 나와 관련된 문제이기는 하지
         만…….

파피용   계단이 무너졌으니 우린 이제 독 안에 든 쥐와 다
         름없어.

데이지   (보타르와 뒤다르에게) 진정하세요. 지금, 이럴 때가
         아닙니다!

파피용   모든 게 사장 책임이야.

데이지   아마 그럴지도 몰라요. 한데 어떻게 내려가죠?

파피용   (데이지의 볼을 어루만지며 사랑스럽게 농담조로) 데
         이지 양을 껴안고 함께 뛰어내리지, 뭐!

데이지   (부장의 손을 뿌리치며) 그 꺼칠꺼칠한 손을 내 얼
         굴에 대지 말아요, 코뿔소 같아요!

파피용   농담이야!
         (그동안 코뿔소는 계속해서 울고, 뵈프 부인은 일어나
         사람들 그룹에 합류한다. 그녀는 잠시 코뿔소가 원을
         그리며 도는 곳을 응시한다. 그녀가 불현듯 무서운 고
         함을 지른다.)

뵈프 부인   아이고 맙소사! 있을 수 없는 일이야!

베랑제   (뵈프 부인에게) 왜 그러십니까?

뵈프 부인   저건 내 남편이에요! 뵈프, 가엾은 뵈프, 당신 어
         떻게 된 거예요?

데이지   (뵈프 부인에게) 그게 확실해요?

뵈프 부인   맞아요. 남편이 분명해요.
         (코뿔소는 격렬하게 그러나 상냥하게 울음소리로 대답
         한다.)

파피용   이럴 수가! 이번엔 정말 뵈프를 해고해야겠군!

뒤다르   그가 보험에 들었습니까?

보타르   (혼잣말로) 이제 모든 걸 알겠어…….

데이지   이 경우, 보험료는 어떻게 되는 거죠?

뵈프 부인   (베랑제의 품속으로 쓰러지며) 아! 하느님 맙소사!

베랑제	오!
데이지	그녀를 옮겨요.
	(베랑제는 뒤다르와 데이지의 도움으로 뵈프 부인을 자기 의자로 데리고 가, 앉힌다.)
뒤다르	(그녀를 부축하면서) 겁먹지 마세요, 뵈프 부인.
뵈프 부인	아이고! 저런!
데이지	괜찮을 거예요…….
파피용	(뒤다르에게) 법률적으론 어떻게 처리해야 하나?
뒤다르	소송을 제기해야죠.
보타르	(사람들 뒤를 따라가며 허공에 두 팔을 치켜들고) 이건 완전히 미친 짓이야! 이런 사회가 있다니! (모두 서둘러 뵈프 부인 곁으로 온다. 그녀의 볼을 때린다. 그녀는 눈을 뜨고, "아!" 소리를 내고는, 다시 눈을 감는다. 보타르가 말하는 동안 누군가 그녀의 볼을 다시 때린다.) 어쨌든 난, 실천 투쟁 위원회에 모든 걸 말할 참이오. 위급한 동료를 포기할 수 없지. 이 문제는 곧 모두에게 알려질 거야.
뵈프 부인	(정신을 차리며) 불쌍한 내 남편, 그를 이대로 둘 순 없어요. 가엾은 사람. (코뿔소 우는 소리가 들린다.) 그가 날 불러요. (다정스럽게) 그가 날 불러요.
데이지	뵈프 부인 좀 괜찮아요?
뒤다르	부인이 정신이 드는 모양입니다.
보타르	(뵈프 부인에게) 우리 위원회의 도움을 믿으세요. 회원으로 가입하지 않으시겠습니까?

파피용	여전히 일이 더디구먼. 이봐, 데이지 양, 우편물 어떻게 됐나!
데이지	먼저 여기서 어떻게 빠져나갈 것인가부터 알아봐야 하는 거 아닌가요?
파피용	그렇군, 그게 문제야. 창문으로 나가지 뭐. (뵈프 부인은 의자에 주저앉아 있고, 보타르는 무대 중앙에 우두커니 있다. 그 밖의 사람들은 모두 창가로 향한다.)
보타르	난, 어디로 가야 할지 알아.
데이지	(창밖을 보며) 너무 높아요.
베랑제	아무래도 소방관을 불러야겠어요. 구조용 사다리를 가지고 오도록 말입니다.
파피용	데이지 양, 소방서에 전화 좀 해 주겠소? (파피용은 그녀 뒤를 따라가는 척한다. 데이지는 무대 안쪽을 통해 나간다. 전화 거는 소리. "여보세요! 여보세요! 소방서죠?" 전화로 대화하는 소리가 어렴풋이 들린다.)
뵈프 부인	(갑자기 일어서며) 내 남편을 이대로 둘 수 없어요. 절대, 그럴 순 없죠.
파피용	이혼하고 싶으시다면…… 지금 이 상황이 좋은 구실이 될 겁니다.
뒤다르	뵈프의 잘못이 분명하니까요.
뵈프 부인	그럴 수 없어요! 불쌍한 사람! 지금 그럴 때가 아니에요. 이대로 남편을 방치할 수 없어요.

보타르	참으로 지조 있는 부인이시군요.
뒤다르	(뵈프 부인에게) 자, 어쩔 셈입니까?
	(뵈프 부인은 황급히 왼쪽의 층계참으로 달려간다.)
베랑제	조심해요!
뵈프 부인	남편을 포기하지 않을 거야. 남편을 포기할 수 없어!
뒤다르	부인을 붙잡아요.
뵈프 부인	남편을 집으로 데려갈래요!
파피용	아니, 부인이 뭘 어떻게 하겠다는 거지?
뵈프 부인	(층계참 아래로 뛰어내리려고 하면서) 여보, 내가 가요. 내가 가요.
베랑제	부인이 뛰어내리려고 해요.
보타르	그건 그 여자의 의무야.
뒤다르	부인은 죽지 않을 겁니다.
	(전화를 거는 중인 데이지를 제외하고, 모두 층계참 위의 뵈프 부인 옆에 있다. 뵈프 부인이 아래로 뛴다. 베랑제는 부인을 만류했지만, 어느새 그의 손에는 부인의 치마만 덩그러니 남아 있다.)
베랑제	부인을 붙잡을 수 없었어요.
	(밑에서 코뿔소의 부드러운 울음소리가 들려온다.)
뵈프 부인의 목소리	여보, 나 여기 있어요. 나라고요.
뒤다르	부인이 코뿔소 등에 올라탔군요. 승마하듯이.
보타르	대단한 여자로군.
뵈프 부인의 목소리	여보, 집으로 돌아가요.

뒤다르	그들이 쏜살같이 달려갑니다.
	(뒤다르, 베랑제, 보타르, 파피용은 무대로 돌아와 창가로 간다.)
베랑제	정말 빨리 달리는군.
뒤다르	(파피용에게) 부장님도 말 타 보셨나요?
파피용	옛날에…… 조금……. (무대 안쪽 문으로 고개를 돌리며) 데이지 양은 아직도 전화하고 있나……!
베랑제	(눈으로 코뿔소를 따라가며) 벌써 멀리 사라졌어. 더 이상 보이지 않아요.
데이지	(나오면서) 소방수와 통화하기가 너무너무 힘들었어요……!
보타르	(혼자 중얼거리며 결론을 내리는 듯) 이건 말도 안 돼!
데이지	……계속 통화 중이라 좀처럼 연결이 안 되더라고요!
파피용	불난 곳이 많은가 보군?
베랑제	예, 보타르의 의견에 동의합니다. 뵈프 부인의 태도는 정말 감동적이었어요. 대단한 용기죠.
파피용	사무실에 자리가 하나 비었으니, 사람을 새로 뽑아야겠군.
베랑제	아니, 부장님은 더 이상 뵈프가 쓸모없다고 생각하십니까?
데이지	아뇨. 불난 곳은 없지만…… 소방수들은 여기저기 코뿔소들 때문에 불려갔다는군요.

베랑제	코뿔소들이라니요?
뒤다르	뭐라고? 코뿔소들이 또 있다고요?
데이지	그래요, 코뿔소들이 여럿 있나 봐요. 시내 곳곳에서 신고가 들어왔대요. 아침엔 일곱 마리였는데, 지금은 열일곱 마리나 된대요.
보타르	아니, 이럴 수가……!
데이지	(계속 말을 이으며) 알려지기론 서른두 마리라고 해요. 아직 공식적인 통계는 나오지 않았지만, 곧 확인될 겁니다.
보타르	(납득하기 어렵다는 듯) 쯔쯔쯧! 과장이 심하군!
파피용	소방수가 우릴 구출하러 오긴 온다나?
베랑제	난, 배가 고파요……!
데이지	예, 곧 옵니다. 소방차가 출발했대요!
파피용	자, 그럼 그동안 일합시다!
뒤다르	이런 위급한 상황에서 일을 하라니요…….
파피용	어쨌든 낭비한 시간을 만회해야 돼!
뒤다르	그런데, 보타르, 당신은 이렇듯 분명한 코뿔소의 출현을 여전히 부인하실 셈입니까?
보타르	우리 노조는 사전 통고 없이 뵈프를 해고한 것에 반대합니다.
파피용	그건 내 결정 사항이 아니오. 앙케트 결과가 그러리라는 것이지.
보타르	(뒤다르에게) 아니, 난, 코뿔소의 출현을 부인하지 않는다고. 이제껏 그걸 부인한 적이 없어.

뒤다르 뭐라고요? 정말 신뢰할 수 없군요.

데이지 그래요! 보타르는 신뢰할 수 없어요.

보타르 다시 한번 말하지만, 난 그 사실을 부인한 적 없
        어. 단지 이 상황이 어떻게 전개되는지 알고 싶었
        을 뿐이야. 그리고 난, 어떻게 처신해야 할지도 알
        고 있어. 물론 난, 이 현상을 단순히 확인하는 것
        으로 끝내지 않을 거야. 즉, 이해한 것을 분석하
        고 설명할 거야. 적어도 이 현상에 대해 설명할
        수 있어…….

뒤다르 그럼 한번 설명해 보시죠.

데이지 설명해 보세요, 보타르.

파피용 동료들이 부탁하니 설명해 보시구려.

보타르 그렇다면, 설명하겠습니다…….

뒤다르 자, 어서요.

데이지 정말 궁금해요.

보타르 나중에…… 언젠가…… 설명할 겁니다.

뒤다르 아니, 지금 당장은 안 됩니까?

보타르 (위협적인 말투로 파피용에게) 우리끼리 얘기지만,
        우린 스스로 이해하게 될 거요. (모두에게) 난, 이
        사건의 배후와 원인을 꿰뚫고 있어…….

데이지 사건의 배후라고요?

베랑제 사건의 배후라고요?

뒤다르 어서 말해 보세요, 그 사건의 배후를…….

보타르 (계속 무서운 표정으로) 또한 책임자들의 이름까지

알고 있다고. 그 반역자들의 명단 말이야. 날 속일 순 없지. 이 선동의 목적과 의미를 상세히 설명하리다. 그리고 주모자들을 폭로하겠소!

베랑제   무슨 이득이 있다고 그랬을까?

뒤다르   (보타르에게) 보타르, 대체 무슨 말을 하는 겁니까?

파피용   횡설수설하지 맙시다.

보타르   횡설수설이라니, 내가 횡설수설한다고요?

데이지   아까는 우리가 착각하고 있다고 비난했잖아요?.

보타르   조금 전에는 그랬지. 지금은 그 착각이 선동으로 변했고.

뒤다르   어떻게 그런 변화가 생긴 거죠?

보타르   그건 공공연한 비밀이야! 어린애들이야 진정 아무것도 모를 테지만, 그 외에 모르는 척하는 사람들은 모두 위선자라고.

   (사이렌 소리와 함께 소방차 도착. 창문 아래에서 급히 정지하는 소방차 소리)

데이지   소방차가 왔어요!

보타르   진정 변해야 해! 이런 식으로 지나칠 수는 없어.

뒤다르   보타르, 이 사건엔 어떤 특별한 의미도 없어요. 그저 코뿔소들이 존재한다는 것, 그게 전부죠. 그 밖에 다른 뜻은 없잖아요.

데이지   (창 밑을 내려다보며) 소방수 아저씨, 여기요, 여기.

   (창 밑에서 시끌벅적한 소리들과 자동차 소리가 들린다.)

소방수 목소리   여기, 사다리 설치해.

보타르   (뒤다르에게) 나는 이 사건의 열쇠를 가지고 있어. 한치의 오차도 없는 해석 시스템을 안다고.

파피용   오후엔 모두 사무실로 돌아와야 해요, 알겠죠?

(소방차의 사다리가 창문 쪽 벽에 놓인다.)

보타르   작업을 못 해 큰일인데…….

파피용   사장이 뭐라 할지 걱정이오.

뒤다르   어쩔 수 없는 상황인걸요, 뭐.

보타르   (창문을 가리키며) 어쨌거나 같은 방식으로 돌아올 순 없으니, 무너진 계단을 고칠 때까지 기다려야겠지요.

뒤다르   누군가 다리라도 다치면 회사에선 골치 아프겠어요.

파피용   맞는 말이야.

(소방수 모자에 이어 소방수의 모습이 보인다.)

베랑제   (데이지에게 창문을 가리키며) 데이지, 먼저 내려가요.

소방수   자, 아가씨.

(소방수가 창문으로 나오는 데이지의 팔을 잡고 사라진다.)

뒤다르   데이지, 조심해요. 나중에 봐요.

데이지   (사라지며) 자, 먼저 갑니다. 여러분 나중에!

파피용   (창문에서) 내일 아침에 전화해, 데이지. 우리 집에 와서 우편물 타이핑하라고. (베랑제에게) 베랑제, 지금 바캉스 철이 아니야, 잘 알겠지? 가능하면 빨리 작업을 재개해야 해. (남은 두 사람에게) 내 말 알아들었지?

뒤다르	물론입니다, 부장님.
보타르	아무렴요. 우리의 마지막 피가 다할 때까지 일해 야겠죠.
소방수	(창문에 다시 나타나며) 자, 다음 사람 오세요.
파피용	(세 사람을 향해) 자, 어서 내려가요!
뒤다르	부장님 먼저 가시죠.
베랑제	그래요, 부장님 먼저…….
보타르	당연히 부장님 먼저 가셔야죠.
파피용	(베랑제에게) 데이지의 우편물을 주게. 저기, 탁자 위에 있는 것…….
	(베랑제는 우편물을 가지고 와, 파피용에게 건넨다.)
소방수	자, 서둘러요. 어서요. 우릴 찾는 사람들이 많단 말예요.
보타르	거봐. 내 말이 맞지.
	(파피용은 우편물을 팔에 끼고 창문으로 내려간다.)
파피용	(소방수에게) 조심해요, 내 우편물! (뒤다르, 보타르, 베랑제를 향해) 자, 그럼 나중에 봅시다!
뒤다르	조심하세요.
베랑제	나중에 봐요, 부장님.
파피용	(보이지 않고, 목소리만 들린다.) 우편물 조심하라니 까요!
파피용 목소리	뒤다르! 사무실 문 잘 잠가.
뒤다르	(큰 소리로) 걱정 마세요, 부장님. (보타르에게) 먼 저 가시죠.

보타르 자, 그럼 먼저 갑니다. 내가, 가자마자 즉각 시청에 들러 보겠소. 이 그릇된 불가사의를 밝혀내고 말겠어.

(그는 사다리를 타려고 창으로 향한다.)

뒤다르 (보타르에게) 이미 명백한 사실로 드러난 걸 뭘 밝힌다는 거요……!

보타르 (창문에서 내려가며) 그렇게 빈정거린다고 내가 물러설 줄 아나? 내가 바라는 건 자네에게 명백한 증거를 제시하는 거야. 그래, 바로 그 증거물을 통해 자네의 배신행위를 낱낱이 밝히겠어.

뒤다르 터무니없는 말씀…….

보타르 자네의 모욕…….

뒤다르 (보타르의 말을 가로막으며) 나를 모욕한 건 바로 당신이오…….

보타르 (사라지면서) 난, 아무도 모욕하지 않았어. 증거가 있다고.

소방수 목소리 자, 어서요…….

뒤다르 (베랑제에게) 오후에 뭐 할 셈인가? 한잔할까?

베랑제 미안. 오후엔 내 친구 장의 집을 방문하려고 해. 그 친구와 화해해야겠어. 어제 화를 내며 헤어졌거든. 모든 게 내 탓이지.

(창가에 소방수의 모습이 다시 나타난다.)

소방수 자, 빨리요…….

베랑제 (창문을 가리키며) 먼저 가게.

뒤다르 (베랑제에게) 아니, 자네 먼저.

베랑제 (뒤다르에게) 아! 아니야. 먼저 가라니까.

뒤다르 (베랑제에게) 아니야, 자네 먼저.

베랑제 (뒤다르에게) 제발 좀, 먼저 가라니까. 어서 내려가.

소방수 아, 뭐 해요, 서둘러요!

뒤다르 (베랑제에게) 자네 먼저 가, 먼저 가라고.

베랑제 (뒤다르에게) 자네 먼저…… 어서 가라니까.

(두 사람은 동시에 창문으로 향한다. 소방수가 그들이 내려가는 것을 돕는다. 그동안에 막이 내린다.)

— 장 —

2장

무대 장치

장의 아파트. 무대 구조는 2막 1장과 거의 같다. 즉 무대는 두 부분으로 나뉘어 있다. 무대 크기에 따라, 장의 방이 무대 오른쪽 4분의 3(또는 5분의 4)을 차지한다. 무대 안쪽 벽에 침대가 있고, 거기에 장이 누워 있다. 무대 중앙에 의자(또는 소파)가 있는데, 베랑제가 오면 앉을 것이다.

오른쪽 중앙에 화장실로 통하는 문이 있다. 장이 거기 들어가면, 세면대(또는 샤워) 물소리가 날 것이다. 방 왼쪽에 무대를 둘로 나누는 칸막이가 있고, 중앙에 계단으로 통하는 문이 있다. 비교적 덜 사실적인 무대 장치(또는 양식화된 무대 장치)를 원할 경우, 칸막이 대신 문을 설치할 수도 있다. 무대 왼쪽으로 층계와 장의 아파트로 통하는 계단 윗부분, 난간, 층계참이 보인다. 층계참과 같은 높이에

옆집 아파트 문이 있다. 무대 안쪽 유리문 위에 '관리실'이란 팻말이
보인다.

막이 오르면, 침대에 누워 객석에 등을 돌린 채 이불을 뒤집어쓴
장의 모습이 보인다. 그의 기침 소리. 얼마 후, 계단을 올라오는 베랑
제의 모습이 나타난다. 문을 두드린다. 장은 대답이 없다. 베랑제가
다시 문을 두드린다.

베랑제   장! (다시 문을 두드린다) 장!
          (층계참 안쪽 문이 열린다. 턱수염이 하얀 작은 노인이
          나타난다.)
노인   무슨 일이오?
베랑제   장을 만나러 왔어요. 친구입니다.
노인   난 또 누구라고……. 날 부르는 줄 알았지. 내 이
          름도 장이거든. 다른 장을 찾는구먼.
노파 목소리 (방 안에서) 우리 손님이우?
노인   (모습이 보이지 않는 노파를 향해) 아냐, 다른 사람
          을 찾고 있어.
베랑제   (문을 두드리며) 장.
노인   외출하는 걸 못 봤어……. 어제 저녁엔 봤지. 기분
          이 별로 안 좋아 보이던데.
베랑제   그게 바로 제 탓입니다.
노인   아마도 문을 열고 싶지 않은 모양이야. 다시 불
          러 봐.
노파 목소리 여보, 장! 수다 좀 그만 떨어요.

베랑제	(문을 두드리며) 장!
노인	(아내에게) 가만있어. 원, 저런…….
	(그는 문을 닫고, 사라진다.)
장	(객석에 등을 돌린 채 누워서, 목쉰 소리로) 무슨 일이야?
베랑제	자네를 만나러 왔어, 장.
장	누구야?
베랑제	나야 나, 베랑제. 들어가도 괜찮겠나?
장	아! 자네였군. 들어오게.
베랑제	(문을 열려고 애쓰며) 문이 잠겼어.
장	잠깐만 기다려. 에이, 참……! (장은 기분 나쁜 표정으로 자리에서 일어난다. 녹색 잠옷 차림에 머리는 엉망이다.) 잠깐만……. (그는 열쇠로 문을 연다.) 잠깐만. (조금 전처럼 다시 이불을 쓰고 침대에 눕는다.) 자, 이제 들어와.
베랑제	(들어오면서) 잘 있었어, 장.
장	(침대에서) 지금 몇 시지? 회사에 안 갔어?
베랑제	자넨 아직도 누워 있나? 사무실에 안 나가? 미안해, 귀찮게 해서.
장	(계속, 등을 돌린 채) 이상한 일이야. 자네 목소리를 못 알아듣다니…….
베랑제	그래 나 역시, 자네 목소리를 못 알아들었어.
장	(계속, 등을 돌린 채) 거기 앉게.
베랑제	어디 아픈가? (장은 끙끙거린다.) 이봐, 장, 대수롭

	지 않은 얘기로 화낸 것, 사과하네.
장	어떤 얘기 말인가?
베랑제	어제의…….
장	어제 언제? 어디서?
베랑제	벌써 잊었어? 코뿔소 얘기 말이야. 그 불길한 코뿔소 얘기.
장	어떤 코뿔소?
베랑제	그 코뿔소들, 자네 말대로 어제 우리가 봤던 두 마리의 불길한 코뿔소들 말이야.
장	아! 그래, 기억나는군……. 근데 코뿔소가 불길하다고 누가 그래?
베랑제	말하자면 그렇다는 거지.
장	그렇다면, 그 얘긴 더 이상 하지 말자고.
베랑제	정말 친절하군.
장	그런데 웬일인가?
베랑제	내가 너무 심하게…… 고집 피우고…… 화내며 주장했던 것, 사과하려고 왔어. 그래, 간단히 말해, 내가 어리석었어.
장	뭐, 당연하지.
베랑제	미안해.
장	난, 몸이 별로 안 좋아. (기침한다.)
베랑제	그래서 침대에 누워 있었군 그래. (어조를 바꾸며) 하지만, 장, 우리 두 사람 모두 옳았어.
장	뭐가 옳다는 거야?

베랑제   바로 그 문제에 관한 건데…… 다시 그 얘길 꺼내
        서 미안하지만, 간단히 말하지. 이봐, 장 내 얘기
        는 말이야, 누구나 나름대로 살아가는 방식이 있
        다는 거야. 그래서 우리 두 사람의 주장이 모두
        옳다는 거지. 방금 그게 증명됐어. 시내에 뿔이
        하나인 코뿔소처럼 뿔이 둘인 놈도 돌아다니고
        있어.

장   내가 그렇게 말했잖아! 어쨌든, 큰일이군.

베랑제   정말 큰일이야.

장   어찌 보면 잘된 일인지 몰라.

베랑제   (계속해서) 코뿔소 뿔이 하나든 둘이든, 그놈들
        이 어디서 왔든 그건 중요하지 않아. 내가 보기
        에 중요한 건 코뿔소가 도시 안에 있다는 사실이
        야…… 왜냐하면…….

장   (돌아누워 헝클어진 침대 위에 일어나 앉아, 베랑제를
        보며) 몸이 아주 안 좋아……. 기분이 몹시 불쾌
        해…….

베랑제   거 안됐군. 왜 그러지?

장   나도 모르겠어! 몸이 불편하고 거북해…….

베랑제   몸이 약해진 거 아냐?

장   천만에. 오히려 힘이 넘쳐.

베랑제   내 말은…… 일시적인 무력감 같은 거 아닌가 하
        는 말이야……. 누구나 그럴 수 있잖아.

장   난, 한 번도 그런 일 없어.

베랑제	혹시 지나치게 원기가 왕성해서 그런 거 아닐까……. 과도한 에너지도 때론 좋지 않지. 신경계의 균형을 깬다고.
장	나의 균형 감각은 완벽해. (장의 목소리가 점점 거칠게 변한다.) 몸과 마음 모두 건강한 상태야. 나의 유전적 특질은…….
베랑제	물론, 물론. 아마 감기겠지, 뭐. 열이 있나?
장	모르겠어. 아니, 열이 좀 있는 것 같아. 머리가 아픈걸.
베랑제	가벼운 두통이군. 난 그만 돌아가겠네.
장	아니야, 괜찮아. 그냥 있어.
베랑제	목이 쉬었군.
장	목이 쉬었다고?
베랑제	응, 약간. 그래서 자네 목소리를 못 알아들었나 봐.
장	목이 쉬다니, 그럴 리가? 내 목소리는 변하지 않았어. 오히려 자네 목소리가 변한 것 같아.
베랑제	내 목소리?
장	왜…… 그럴 수 없단 말인가?
베랑제	아니, 그럴 수 있지. 나 자신이 그걸 알아차리지 못했으니까.
장	어떻게 자네 스스로 알아차릴 수 있겠나? (이마에 손을 대고) 좀 더 정확히 말하면 바로 여기 이마가 아파. 어디에 부딪친 것 같아! (장의 목소리가 점점 거칠게 쉬어 간다.)

베랑제	언제 부딪친 거야?
장	모르겠어. 기억이 없어.
베랑제	꽤 아팠을 텐데 몰라?
장	혹시 잠자던 중 어디 부딪친 게 아닌지 몰라.
베랑제	그렇다면, 그 충격으로 깼을 거야……. 혹시 꿈속에서 부딪친 것 아냐?
장	아니, 꿈꾼 적이 없는걸…….
베랑제	(계속해서) 자는 동안, 두통 때문에 꿈꾼 걸 잊어버렸는지 모르지. 차라리 무의식적으로 기억하고 있다는 게 낫겠어.
장	무의식적이라니? 난 의식이 말짱하다고. 생각이 멋대로 흘러가도록 내버려 두지 않아. 난 똑바로 가고 있어, 언제나 옳은 정신으로 말이야.
베랑제	나도 알아. 내 말은 그게 아니라…….
장	좀 더 분명히 말해 봐. 날 불쾌하게 만들 셈인가?
베랑제	누구든 두통이 오면, 어딘가 머릴 부딪친 느낌이 들지. (장에게 다가가며) 어디 부딪쳤다면, 아마 이마에 혹이 났을 거야. (장을 쳐다보며) 그래 어디 볼까…… 맞아, 혹이 생겼어……. 자네 정말 혹이 났어.
장	혹이?
베랑제	아주 작지만.
장	어디?
베랑제	(장의 이마를 가리키며) 여기, 바로 코 위에 생겼어.

장   그럴 리 없어. 우리 가족 중 이마에 혹 난 사람은
        없다고.

베랑제   거울을 보게.

장   아, 그래! (이마를 만지며) 정말 그런 느낌인데…….
        어디 욕실에 가서 거울을 봐야겠는걸. (그는 부리
        나케 화장실로 달려간다. 베랑제의 시선이 그를 따른
        다. 목욕탕에서) 정말이야, 혹이 났어. (장의 얼굴이
        창백하게 변해 돌아온다.) 자네 말이 맞았어. 내가
        어디 부딪친 게 분명해.

베랑제   안색이 안 좋군. 얼굴빛이 창백해.

장   기분 나쁜 말만 골라서 하는군. 그런 자넨, 자네
        얼굴을 좀 봤나?

베랑제   미안해. 자네를 괴롭힐 생각은 추호도 없어.

장   (난처한 듯) 그렇게 보이지 않는데.

베랑제   숨소리가 몹시 거칠군. 목이 아프지 않나? (장은
        다시 침대에 앉는다.) 목이 아프지 않냐고. 목에 염
        증이라도 생긴 거 아냐?

장   왜 목에 염증이 생기겠나?

베랑제   그건 부끄러운 일이 아냐. 나 역시 목에 염증이
        생기곤 하지. 맥 좀 짚어 봐도 되겠나? (베랑제는
        일어나 장의 손목을 잡는다.)

장   (더욱 목쉰 소리로) 아무것도 아니야! 괜찮다고.

베랑제   맥박은 정상적으로 뛰는군. 걱정하지 말게.

장   전혀 걱정하지 않아. 두려울 게 뭐 있겠나?

베랑제	그래. 며칠 쉬면 괜찮아지겠지.
장	쉴 시간이 없어. 먹을 걸 구하러 가야 해.
베랑제	대수로운 병은 아닌 것 같아. 너무 허기져서 그래. 하지만, 며칠 푹 쉬게. 몸조리 잘하는 게 좋겠어. 의사를 부를까?
장	의사는 필요 없어.
베랑제	아니야, 의사에게 보이는 게 좋아.
장	난, 싫어. 부르지 말게. 혼자서도 몸조리할 수 있어.
베랑제	의사를 불신하는 건 옳지 않아.
장	의사들은 존재하지도 않는 병을 만들어 내고 있어.
베랑제	그건 선의에서 그런 거지. 환자를 돌보는 기쁨 때문에 말이야.
장	그들은 질병을 만들어 내고 있어, 새로운 병을 만들어 낸다고.
베랑제	그래, 어쩌면 새로운 병을 만들어 낼지도 모르지. 하지만 그 병을 고치는 것도 의사들 아닌가.
장	난, 오직 수의사들만 믿네.
베랑제	(장의 손목을 놓았다가 다시 잡는다.) 혈관이 늘어난 것 같아. 퉁퉁 부었군.
장	그건 힘의 상징이야.
베랑제	물론, 건강과 힘의 상징이지. 그렇지만……. (베랑제는 장의 저항에도 불구하고 그의 팔뚝을 더욱 자세히 관찰한다. 마침내 장은 거칠게 팔을 잡아당긴다.)
장	날 짐승처럼 훑어보다니, 대체 왜 이러나?

베랑제	자네 피부가…….
장	내 피부가 어때서……. 그게 자네와 무슨 상관이야? 내가 자네 피부에 관심 가진 적 있었나?
베랑제	하긴 그래……. 자네 피부색이 눈에 띄게 변했어. 검푸르게 변하고 있다고. (베랑제는 장의 손을 다시 잡으려고 한다.) 손도 딱딱해지고…….
장	(손을 뿌리치며) 내 몸에 손대지 마. 도대체 왜 그래? 자네 정말 귀찮군.
베랑제	(장을 향해) 생각보다 훨씬 심각해. (장에게) 의사를 불러야겠어. (전화기 쪽으로 간다.)
장	전화에 손대지 마! (장은 쏜살같이 가서 베랑제를 떠민다. 베랑제가 넘어진다.) 남의 일에 참견하지 마.
베랑제	그래, 알았어. 자네 건강을 위해서 그랬어.
장	(거칠게 호흡하며 기침한다.) 내 몸은 자네보다 내가 더 잘 알아.
베랑제	자네 지금 힘들게 숨쉬고 있어.
장	누구나 자기 방식대로 호흡하는 법이야! 내 숨소리가 듣기 싫은 모양인데, 나 역시 자네처럼 숨쉬는 게 보기 싫어. 자네 숨소리는 너무 약해. 통 들을 수가 없다고. 곧 죽을 것처럼 말이야.
베랑제	아마 자네만큼 힘이 없어서겠지.
장	그렇다고 내가 언제 자네 힘 나도록 병원에 가 보라고 하던가? 사람은 누구나 자기 하고 싶은 대

로 하는 거라고.

베랑제 나한테 화내지 말게. 난 자네 친구잖아.

장 우정은 존재하지 않아. 자네의 우정을 믿을 수 없
다고.

베랑제 날 화나게 만들 셈인가?

장 화낼 것 없어.

베랑제 이봐, 친구…… 장.

장 난 자네의 친구 장이 아니야.

베랑제 자네 정말 오늘은 사람이 싫은 모양이군.

장 그래, 사람, 사람 사람이 싫어졌어. 그래서 오히려
즐거워.

베랑제 자네 여전히 어제의 말다툼 때문에 날 싫어하는
군. 내 잘못이야……. 인정하네. 그래서 사과하러
온 거야.

장 말다툼이라니, 무슨?

베랑제 좀 전에 말했잖아. 그 코뿔소 얘기 말이야!

장 (베랑제 말을 듣지 않고) 솔직히 말하면 사람들을
싫어하는 게 아니야. 관심이 없을 뿐이지. 그들은
날 불쾌하게 만든다고. 만약 내가 가는 길을 방해
하면, 난 그들을 짓밟아 버릴 수도 있어.

베랑제 난 결코 자네를 방해하지 않아, 자네도 알지?

장 난 목표가 있어. 그 목표를 향해 달려갈 거야.

베랑제 물론 자네 말이 옳아. 하지만 지금은 정신적 위기
인 것처럼 보인다네. (조금 전부터 장은 방 안을 배

회한다. 마치 우리에 갇힌 짐승처럼 이쪽저쪽으로. 베랑제는 장을 유심히 보다가 서서히 그를 피한다. 장의 목소리는 점점 더 거칠어진다.) 진정해. 진정하라고!

장　　오래전부터 옷 입는 게 불편했어. 지금 이 잠옷도 거추장스러워!

(장은 잠옷 저고리를 열고 닫기를 반복한다.)

베랑제　아니! 자네 피부가 왜 이래?

장　　뭐, 나의 피부? 그래 내 피부가 어때서……. 내가 자네 피부와 바꾸기라도 할까 봐 그러나?

베랑제　가죽처럼 보여.

장　　그보다 더 강하지. 어떤 악천후에도 견딜 수 있어.

베랑제　색이 검푸르게 변하고 있어.

장　　자넨 오늘 색깔에 미쳐 있군. 여전히 헛소리를 하고 있어. 또 술 마셨나?

베랑제　어제 마셨어. 오늘은 아니라고.

장　　그게 다 과거의 무절제한 생활 탓이야.

베랑제　생활을 바꾸기로 자네와 약속했잖아. 알지? 친구인 자네 충고 덕이야. 오히려 난 그걸 부끄럽게 생각하지 않아. 그 반대지.

장　　아무러면 어때. 브르르…….

베랑제　거 무슨 소린가?

장　　아무 말도 안 했어. 브르르 하고 해 본 거야. 재미있거든.

베랑제　(장의 눈을 바라보며) 뵈프에게 무슨 일이 일어났는지 아나? 그 사람이 코뿔소로 변했네.

장　뵈프가 어찌 됐다고?

베랑제　코뿔소로 변했어.

장　(저고리의 옷자락으로 부채질을 하며) 브르르……

베랑제　장난은 이제 집어치워!

장　숨 좀 쉬게 내버려 두게. 그건 내 권리야, 여기는 내 집이니까 말이야.

베랑제　부정하지 않네.

장　날 가로막지 않는 게 좋아……. 아, 더워. 브르르…… 잠시 열을 좀 식히고 와야지.

베랑제　(장이 욕실로 급히 가는 동안) 열이 나는 모양이군.

(장은 욕실에 있다. 거친 숨소리가 들리고, 물 흐르는 소리가 난다.)

장　(욕실 안에서) 브르르……

베랑제　장이 몸을 떨고 있어. 안 되겠어, 어서 의사를 불러야지.

(다시 전화기 쪽으로 가다가 장의 목소리에 급히 물러선다.)

장　그래, 그 착한 뵈프가 코뿔소로 변했다니. 하하하…… 자넬 놀리고 있군 그래. 스스로 가장하고 있는 거라고. (욕실 문틈으로 고개를 내민다. 그의 모습이 매우 검푸르게 변했다. 이마의 혹은 더 커졌다.) 그는 가장하고 있었던 거야.

베랑제　(시선을 장에게 두지 않고 방을 배회하며) 아니야, 그는 무척 진지하게 보였어. 정말이야.

장 　어쨌든 그건 뵈프의 일이야.

베랑제 　(목욕탕으로 사라진 장을 향해) 뵈프가 의도적으로 코뿔소로 변한 건 아닐 거야. 그의 변신은 자신의 뜻이 아니라고.

장 　(욕실에서) 자네가 그걸 어떻게 아나?

베랑제 　여러 가지 상황으로 봐서, 추측할 수 있지.

장 　그가 의도적으로 코뿔소가 됐다면 어쩔 셈인가? 의도적으로 코뿔소가 됐다면 말이야?

베랑제 　그럴 리 없어. 뵈프 부인조차 그 사실을 몰랐으니까…….

장 　(목쉰 소리로) 브르르…… 그 뚱뚱한 뵈프 부인! 흐흐…… 그 바보 같은 여자!

베랑제 　바보 같은 여자라니…… 그게 무슨 말인가…….

장 　(욕실에서 급히 나와, 저고리를 벗어 침대에 던진다. 그 동안 베랑제는 살며시 돌아본다. 가슴과 등이 검푸르게 변한 장이 다시 욕실로 향한다. 그는 반복해서 욕실을 드나든다.) 뵈프는 자기 마누라한테도 계획을 알리지 않았어…….

베랑제 　그럴 리 없어, 장. 그 두 사람 사이가 얼마나 좋았는데.

장 　사이가 좋았다는 걸 어떻게 확실하지? 흐흐음…… 브르르…….

베랑제 　(베랑제가 욕실 쪽으로 가자, 장은 부리나케 욕실 문을 닫는다.) 사이가 꽤 좋았어. 그 증거로······.

장 (욕실에서) 그는 자기 방식대로 살았어. 마음 한편에 자기만의 비밀을 가지고 살았단 말이야.

베랑제 자네에게 더 이상 말 시키지 말아야겠어. 무척 불편해 보여.

장 아니, 난 오히려 편해.

베랑제 아무튼 의사를 불러야겠어.

장 그건 절대 안 돼! 난 고집 센 인간들은 질색이라고! (장이 욕실에서 나온다. 베랑제는 질겁하여 뒤로 물러난다. 장이 더욱 검푸르게 변했기 때문이다. 그는 점점 말을 힘들게 하고, 목소리도 분간하기 힘들 지경이다.) 그가 원했든 원하지 않았든, 코뿔소로 변한 건 잘된 일이야.

베랑제 이봐 장, 지금 무슨 말을 하는 건가? 어떻게 그런 생각을 하나?

장 자넨 뭐든 악행으로만 보려고 해. 코뿔소로 변하는 게 좋으니까 그 길을 택했겠지. 그게 뭐 그리 놀랍단 말인가!

베랑제 그래, 결코 놀라운 일은 아니야. 하지만 코뿔소로 변한 게 정말 좋은 건지 의심이 가네.

장 이유가 뭔데?

베랑제 꼭 그 이유를 대기는 어렵지만······ 너무 명백한 일 아닌가.

장 내 보기엔 별로 나쁘지 않아! 코뿔소도 우리와

똑같은 피조물이거든. 우리와 마찬가지로 삶에 대한 권리가 있지!

베랑제 우리의 삶을 파괴하지 않는 조건이라면 그럴 수 있겠지. 하지만, 인간과 코뿔소의 정신적 차이는 어떻게 이해할 건가?

장 (방을 이리저리 배회하다 욕실을 드나든다.) 우리의 정신이 더 낫다고 생각하나?

베랑제 어쨌든 우리에겐 우리의 도덕이 있어. 코뿔소의 도덕과 공존하기는 어렵지.

장 도덕이라고! 좋아, 도덕에 관해 말해 보자고. 난, 도덕이라면 지긋지긋해……. 하기야 도덕은 아름다운 것이지! 그러나 그걸 뛰어넘어야 해.

베랑제 그럼 도덕의 자리에 무얼 놓을 셈인가?

장 (같은 동작을 반복하며) 자연!

베랑제 자연이라고?

장 (같은 동작을 반복하며) 자연엔 자연의 법칙이 있어. 근데 도덕은 반자연적이란 말이야.

베랑제 그렇다면, 자넨 도덕을 정글의 법칙으로 바꾸려고 하나?

장 난, 정글에서 살 거야. 거기서 살고 싶어.

베랑제 말로야 무슨 얘길 못 해. 하지만 아무도…….

장 (말을 가로막으며 계속 왔다 갔다 한다.) 우리 삶의 뿌리를 다시 구축해야 해. 순수한 원시 세계로 돌아가야 한다고.

베랑제   난 자네 생각에 동의할 수 없어.

장   (거칠게 호흡하며) 진정으로 호흡하고 싶어.

베랑제   잘 생각해 봐. 우린 동물에겐 없는 철학을 가지
         고 있어. 잘 알면서 왜 그래. 그것은 무엇과도 바
         꿀 수 없는 가치 체계 아닌가. 수세기에 걸쳐 우
         리 인류가 이룩한 문화 말이야……!

장   (계속 욕실에서) 그 모든 걸 파괴해야 해. 그게 훨
         씬 더 이롭다고.

베랑제   진담은 아니겠지? 자네 지금 농담하는 거지? 시
         를 쓰고 있군.

장   브르르…….
         (장은 거의 코뿔소 울음소리를 낸다.)

베랑제   자네가 시인이라는 걸 미처 몰랐군.

장   (욕실에서 나온다.) 브르르…….
         (코뿔소 울음소리를 반복한다.)

베랑제   난 자네를 잘 알아. 지금 자네의 말은 진담이 아
         니야. 알다시피, 우리 인간은…….

장   (말을 가로막으며) 인간, 인간이라…… 더 이상 그
         말을 입에 담지 말게!

베랑제   아니, 내 말은 인류와 휴머니즘에 관해서…….

장   휴머니즘은 이제 아무 소용 없어! 자넨 여전히 고
         리타분하고, 우스꽝스러운 감상주의자에 불과해.
         (그는 욕실로 들어간다.)

베랑제   그렇지만 정신은…….

장 　(욕실에서) 고리타분한 얘기들! 바보 같은 소리 집어치우라고!

베랑제 　바보 같은 소리라니!

장 　(알아듣기 힘들 정도로 목쉰 소리로, 욕실에서) 물론이지.

베랑제 　이봐, 장, 자네가 그런 말을 하다니 정말 놀랍군! 자네 미쳤나? 결국, 코뿔소가 되겠다는 건가?

장 　왜……? 그럼 안 되나? 난, 자네처럼 편견은 없어.

베랑제 　좀 또박또박 말해 보게. 알아들을 수가 없어. 발음이 명확하지 않아.

장 　(계속 욕실에서) 귀를 막으니까 그렇지!

베랑제 　뭐라고?

장 　귀를 열어 놓으라고……. 왜 코뿔소가 되면 안 되는 거야? 난, 변하고 싶다고.

베랑제 　자네가 그런 말을 하다니……. (베랑제는 말을 잇지 못한다. 장이 매우 무서운 모습으로 나타났기 때문이다. 장의 피부는 거의 검푸른색으로 변했으며, 이마엔 코뿔소처럼 뿔이 돋아났다.) 아니! 자네 정말 미쳤군! (장은 침대로 돌진한다. 이불을 땅바닥에 팽개치며, 광분하여 알아들을 수 없는 말, 터무니없는 소리들을 내뱉는다.) 그렇게 화내지 말게! 좀 진정하라고! 이젠 자네를 알아볼 수가 없어!

장 　(알아들을 수 없을 정도로) 더워…… 너무 더워……. 이 모든 걸 치워 버려야지. 어휴, 근지러워, 이놈의 옷…… 옷이 근질거려…….

(잠옷 바지를 벗는다.)

베랑제 뭐 하는 거야? 자네를 알아볼 수가 없어! 평소 그
렇게 점잖던 친구가……!

장 늪! 늪으로 가야 해!……

베랑제 이봐, 날 좀 보게! 내 모습이 안 보이나……! 더
이상 내 말이 안 들리냐고!

장 자네 말, 잘 들려! 물론 자네 모습도 잘 보이고!

(장은 고개를 숙인 채, 베랑제에게 돌진한다. 베랑제는
달아난다.)

베랑제 조심해!

장 (거칠게 숨을 내쉬며) 미안해!

(그는 쏜살같이 욕실로 달려간다.)

베랑제 (왼쪽 문으로 달아나는 듯하다가 중간에서 되돌아와
장을 따라 욕실로 간다.) 아무튼 자네를 이 상태로
내버려 둘 수 없어. 친구로서 말이야. (욕실에서)
의사를 불러야겠어! 이건 꼭 필요해. 제발 내 말
믿고 의사를 부르자고!

장 (욕실에서) 안 돼.

베랑제 (욕실에서) 불러야 돼! 장, 진정하게! 자네 꼴이 말
이 아니야. 아니! 혹이 눈에 띄게 커졌어……! 자
네가 코뿔소로 변하다니!

장 (욕실에서) 너를 밟아 버리겠어, 널 밟아 버릴 테야!

(욕실에서 요란한 소리가 난다. 코뿔소 울음소리, 물건

떨어지는 소리, 거울 깨지는 소리 등이어서 이런 충격
에 의해 공포에 질린 베랑제가 억지로 욕실 문을 닫으
며 나타난다.)

베랑제   (욕실 문을 밀면서) 장이 코뿔소로 변했어……. 장
이 코뿔소가 됐어! (베랑제는 억지로 문을 닫는다.
저고리는 뿔에 받혀 찢겨 있다. 베랑제가 겨우 문을 닫
았을 때, 코뿔소가 문을 들이받아 구멍을 낸다. 계속
코뿔소가 문을 들이받는 바람에 욕실은 아수라장이
된다. 그동안 "아이고, 미치겠다!", "빌어먹을!" 등과 같
은 알아들을 수 없는 말들과 뒤섞인 코뿔소 울음소리
가 들린다. 베랑제는 오른쪽 문으로 급히 달려간다.)
이럴 수가! 장의 모습을 믿을 수 없어! (그는 계단
쪽 문을 연다. 층계참 위의 문을 여러 차례 주먹으로
두드린다.) 이 아파트에 코뿔소가 있어요! 경찰을
불러요!

노인   (고개를 내밀고) 무슨 일이오?

베랑제   경찰을 불러 줘요! 이 아파트 안에 코뿔소가 있
어요……!

노파 목소리 무슨 일이에요, 장? 왜 이렇게 시끄러워요?

노인   (아내에게) 저 사람이 무슨 말을 하는지 모르겠어.
코뿔소가 있다는데…….

베랑제   맞아요. 이 아파트에 있어요. 경찰을 불러요!

노인   이렇게 사람을 귀찮게 하다니……! 정말 버릇이
없구먼!

(그는 베랑제 앞에서 문을 쾅 닫는다.)

베랑제   (계단을 급히 내려가며) 수위 아저씨, 수위 아저씨, 이 아파트에 코뿔소가 있어요. 경찰을 불러요! 수위 아저씨! (수위실 문의 상단이 열리는 게 보인다. 그리고 코뿔소 머리가 나타난다.) 아니, 여기도 코뿔소가 있다니! (베랑제는 급히 계단을 거꾸로 올라간다. 그는 장의 방으로 들어가려 하다가, 잠시 멈칫하며 노인의 아파트로 향한다. 이때 노인의 아파트 문이 열리면서 코뿔소 두 마리가 나타난다.) 아이고 맙소사! 이럴 수가! (베랑제는 장의 방으로 들어간다. 여전히 욕실 문이 요란하게 흔들린다. 베랑제는 창문으로 달려간다. 이 창문은 무대 정면의 객석과 마주 보고 있는데, 창틀로만 되어 있다. 그는 기진맥진하여 쓰러질 지경이다. 그는 알아들을 수 없을 정도로 빠르게 말한다.) 아이고, 맙소사! 이거 큰일 났군! (그는 창문을 뛰어넘으려고 무진 애를 쓴다. 거의 반대편, 이를테면 객석 쪽으로 건너간다. 바로 그때, 오케스트라석으로부터 여러 마리의 코뿔소들이 떼를 지어 질주해 온다. 베랑제는 부리나케 무대 안쪽으로 되돌아온다. 그리고 창문을 통해 밖을 바라본다.) 이제 사방에 코뿔소가 깔렸구나! 코뿔소 떼가 언덕으로 내려가는군……! (그는 주위를 둘러본다.) 어디로 가야 하나! 어디로 빠져나가지……? 온통 거리엔 코뿔소들뿐이니…… 어디로 가야 하나! 큰일이야! (공포

에 질린 베랑제는 여기저기 문으로 창문으로 우왕좌
왕한다. 그동안에도 욕실 문은 계속 흔들거리며, 장의
울음소리와 알아들을 수 없는 욕설들이 들려온다. 얼
마간 이 상태가 지속된다. 베랑제는 끊임없이 도망가
려 시도하지만, 여전히 노부부의 아파트 문 앞, 또는 층
계참의 계단을 벗어나지 못한다. 큰 소리로 우는 코뿔
소들의 머리가 점점 그에게 다가오고 있어서, 베랑제는
뒤로 물러나지 않을 수 없다. 그는 마지막으로 창문에
가서 바라본다.) 코뿔소가 떼로 몰려다니다니! 본
디 코뿔소는 고독한 동물이라고 들었는데, 어찌
된 걸까? 그게 잘못된 생각이라면, 수정돼야 해!
저들이 거리의 모든 의자들을 파괴했어! (그는 손
을 비튼다.) 이제 어떻게 하지? (그는 다른 출구로 향
한다. 그러나 코뿔소들의 출현이 그의 행동을 방해한
다. 그가 다시 욕실 앞으로 왔을 때, 문은 거의 부서져
있다. 베랑제는 무너지는 안쪽 벽을 향해 달려간다. 그
아래로 거리가 보인다. 그는 고함을 지르며 달아난다.)
코뿔소가 나타났다! 코뿔소들이다! (요란한 소음
과 함께 욕실 문이 무너져 내린다.)

— 막 —

3막

무대 장치

무대의 배치는 앞의 장과 거의 같다. 베랑제의 방은 장의 방과 놀라울 정도로 흡사하다. 다만 몇 가지 장식품들, 가령 한두 개의 가구들로 장의 방과 차별화한다. 왼쪽에 계단과 층계참이 있다. 층계참 안쪽에 문이 있다. 관리실은 없다. 무대 안쪽으로 긴 의자가 놓여 있고, 거기에 베랑제가 등을 객석으로 향하고 누워 있다. 안락의자와 전화기가 놓인 작은 탁자가 보인다. 만약 필요하면 또 다른 탁자와 의자를 놓을 수 있다. 안쪽에 열려 있는 창문이 있다. 무대 전면에 창틀이 있다. 베랑제는 머리에 붕대를 감은 채 의자에 엎어져 잔다. 그는 악몽에 시달리고 있는 듯하다. 자면서 몸을 심하게 뒤척인다.

베랑제   안 돼. (사이) 뿔, 뿔을 조심해야 해! (사이. 코뿔소
무리가 안쪽 창문 밑으로 지나가는 소리가 들린다.)
안 돼! (그는 꿈속에서 누군가와 싸우다 바닥으로 떨
어진다. 잠에서 깬다. 공포에 질린 듯 손으로 이마를
매만진다. 이어서 거울 앞으로 가서 붕대를 푼다. 그동
안 코뿔소들의 소리가 멀어져 간다. 그는 이마에 혹이
없음을 확인하고 안도의 숨을 내쉰다. 망설이다가 다
시 긴 의자에 가서 눕는다. 곧 다시 일어난다. 탁자로
가서 코냑 병과 유리잔을 들어 술 따르는 흉내를 낸
다. 뭐라고 중얼거리면서 코냑 병과 잔을 있던 자리에
갖다 놓는다.) 아냐, 의지가 필요해! 의지가! (그는
다시 잠자던 의자로 가려고 한다. 그때 안쪽 창문 밑
에서 또다시 코뿔소들의 소리가 들린다. 베랑제는 가
슴에 손을 댄다.) 오! (안쪽 창으로 가서 잠시 바라본
다. 그리고 신경질적으로 창문을 닫는다. 코뿔소들의
소리가 멈추자, 탁자로 가서 '어쩔 수 없군'이라는 의
미의 제스처를 취한다. 그는 유리잔에 코냑을 따라 단
숨에 마신다. 그리고 술병과 유리잔을 그 자리에 내려
놓는다. 그는 기침을 한다. 기침 때문에 표정이 불안해
보인다. 그는 기침을 반복하면서, 그 기침 소리에 주의
를 기울인다. 또다시 거울 앞에 가서 자신의 모습을
본다. 기침하면서 창문을 연다. 코뿔소들의 숨소리가
더욱 크게 들린다. 다시 기침한다.) 안 돼. 저들처럼
되면 안 돼!

(베랑제는 말없이 창문을 닫고, 붕대 감은 이마를 손으로 만져 본다. 긴 의자로 가서 누워 잔다. 계단을 올라오는 뒤다르의 모습이 보인다. 층계참에 이르자 베랑제의 방문을 노크한다.)

베랑제   (깜짝 놀라며) 무슨 일이지?

뒤다르   베랑제, 자넬 만나러 왔어.

베랑제   거, 누구요?

뒤다르   나야, 나.

베랑제   나라니, 나가 누구란 말이오?

뒤다르   나야…… 뒤다르.

베랑제   아! 자넨가? 어서 들어와.

뒤다르   내가 귀찮게 하는 건 아니겠지? (문을 열려고 한다.) 문이 잠겼는데.

베랑제   잠깐만. 아이, 참.
          (베랑제가 문을 열자 뒤다르가 들어온다.)

뒤다르   잘 있었나, 베랑제.

베랑제   자네도 별일 없지? 지금 몇 시야?

뒤다르   여전히 집 안에만 틀어박혀 있군. 좀 어때?

베랑제   미안해. 자네 목소릴 못 알아들어서. (창문을 열러 간다.) 응, 좀 나아졌어. 괜찮아지겠지, 뭐.

뒤다르   내 목소린 변하지 않았어. 난 자네 목소리 금방 알아듣겠던데.

베랑제   미안해. 그런 것 같아서……. 그래, 자네 목소린 여전하군. 내 목소리도 변하지 않았지, 안 그래?

뒤다르	목소리가 왜 변했다는 거야?
베랑제	글쎄, 약간…… 약간 쉬었지?
뒤다르	전혀 모르겠는걸.
베랑제	그럼 됐어. 좀 안심이 되는군.
뒤다르	대체 무슨 일이야?
베랑제	모르겠어, 통 알 수가 없어. 목소리가 변하는 건 있을 수 있는 일이야. 유감이지만……!
뒤다르	감기 걸린 거 아냐?
베랑제	아니겠지, 뭐. 자, 여기, 소파에 앉게.
뒤다르	(소파에 앉으며) 여전히 몸 상태가 안 좋은 모양이지? 아직도 머리 아파?
	(그는 베랑제 머리의 붕대를 가리킨다.)
베랑제	응, 여전해. 그러나 혹이 나진 않았어. 어디 부딪친 적이 없거든……! 안 그런가?
	(그는 붕대를 풀어 뒤다르에게 이마를 내보인다.)
뒤다르	그렇군. 이마엔 이상이 없어. 아무렇지도 않아.
베랑제	난 절대 혹이 나지 않을 거야. 절대.
뒤다르	어디 부딪치지 않았다면, 혹이 생길 리 없지.
베랑제	스스로 어딘가 부딪치기를 바라지 않는다면, 그런 일은 결코 발생하지 않겠지!
뒤다르	물론이지. 하지만 조심해야 해. 그런데 무슨 일 있었어? 좀 신경이 예민해지고, 흥분한 것 같군. 아마도 두통 때문이겠지. 움직이지 마. 그래야 덜 아플 게야.

베랑제   두통이라니? 그 말은 꺼내지도 말게! 더 이상 말
         하지 마.

뒤다르   정신적 충격 후엔 두통이 올 수 있어.

베랑제   충격에서 벗어나는 게 이렇게 힘들 줄 몰랐어.

뒤다르   머리 아픈 건 그리 대수로운 일이 아니지.

베랑제   (불현듯 거울 앞으로 가서 붕대를 푼다.) 그래, 아무
         렇지도 않아. 하지만 이렇게 시작될 수도 있어, 안
         그래?

뒤다르   뭐가 시작될 수 있다는 거야?

베랑제   다른 존재로 변하는 게 무서워.

뒤다르   진정하고, 자리에 앉게. 방구석을 그렇게 왔다 갔
         다 하면, 신경이 더욱 날카로워지네.

베랑제   그래, 자네가 옳아. 진정해야지. (의자에 가서 앉는
         다.) 자네도 알다시피 난 무척 놀랐어.

뒤다르   장 때문이라는 것, 알아.

베랑제   그래. 장 때문이야. 물론 다른 사람들도 코뿔소로
         변했지만…….

뒤다르   자네의 그 충격, 잘 알아.

베랑제   누구든 충격받았을 거야. 자네도 인정하지?

뒤다르   그렇다고 너무 심각해질 필요 없어. 자넨 그럴 만
         하니까…….

베랑제   자네가 그 상황을 봤어야 하는데…….. 아무튼 장
         은 나의 가장 친한 친구였다고. 근데 갑자기 내
         앞에서 코뿔소로 변해 버렸으니……. 그리고 그

분노하는 표정이라니……!

뒤다르 이해해. 당연히 크게 실망했겠지. 더 이상 생각하지 마.

베랑제 도무지 잊히지가 않는걸! 장은 무척 인간적인 친구였어. 휴머니즘의 열렬한 옹호자였지. 누구나 그렇게 생각할 거야. 그런데 그 친구, 그 친구가! 우린 꽤 오래전부터 알고 지내왔어. 그가 코뿔소로 변하다니, 도저히 믿을 수 없다고. 나 자신보다 더 신뢰했는데……! 나에게 그런 행동을 하다니…….

뒤다르 설마하니 자네를 겨냥한 건 아니겠지!

베랑제 하지만 그렇게 보였단 말이야. 자네…… 장의 얼굴 표정이…… 어땠는지 알기나 하나?

뒤다르 때마침 자네가 그의 집에 있었기 때문일 거야. 누구든 함께 있었다면, 같은 일을 당했을 걸세.

베랑제 지난날 함께했던 우정을 봐서라도 그가 참았어야지.

뒤다르 자넨 언제나 자기 본위로 생각하는군. 일어나는 일마다 자기와 관련 있다고 믿고 있어! 자네는 우주의 중심이 아니야, 이 친구야!

베랑제 글쎄……. 자네 말이 옳을지 몰라. 좀 생각해 봐야겠어. 그러나 이번 사건은 매우 불안한걸. 솔직히 말해, 난 완전히 넋이 나간 상태라네. 그걸 어떻게 설명하면 좋을까?

뒤다르 　지금 당장은 만족스럽게 설명할 수 없어. 난, 이
　　　　사건을 확인하고 기록하는 중이야. 무언가 존재
　　　　한다면, 그건 반드시 설명할 수 있는 법이지. 자연
　　　　속의 진귀하고 이상하고 괴상망측한 것들, 그것들
　　　　이 하나의 유희에 불과한지 어떤지는 아무도 모
　　　　르거든…….

베랑제 　장은 언제나 자신만만했어. 하지만 난, 야망이 없
　　　　다고. 지금 이대로 만족할 뿐이야.

뒤다르 　아마 그 친군 맑은 공기와 들판과 공간을 원했는
　　　　지도 몰라……. 긴장을 풀고 싶었던 거야. 그를 용
　　　　서하라는 말은 아니지만…….

베랑제 　알아, 아무튼 노력해 보지. 하지만 스포츠 정신이
　　　　부족하고, 닫힌 공간 속에 처박혀 사는 소시민이
　　　　라 비난해도 난 이대로 살고 싶어.

뒤다르 　물론이지. 우린 끝까지 사람으로 남을 거야. 한데
　　　　자넨 왜 그깟 코뿔소 몇 마릴 보고 그토록 불안
　　　　해하나? 그것도 일종의 병일세.

베랑제 　솔직히 말해, 전염될까 봐 두려워.

뒤다르 　이제 더 이상 생각하지 마! 자넨 이 사건을 너무
　　　　중시하고 있어. 장의 경우는 보편적이거나 전형
　　　　적인 증상이 아니야. 자네도 그의 지나친 자만심
　　　　에 대해 언급했잖아. 자네 친구를 거론해 미안하
　　　　지만, 그 친구는 좀 얼빠진 사람 같았어. 뭐랄까,
　　　　야만적이고 괴상하게 보인단 말이야. 그런 유별난

사람을 고려할 필요는 없지. 문제는 보통 사람들이라고.

베랑제 응, 듣고 보니 알 것 같군. 자네 역시 이 현상을 설명할 수 없다고 했지. 이제야 분명해지는군. 자네가 적절히 잘 설명했어. 그래, 그러한 상태에 빠지려면 장에게 분명 광기가 발작했을 거야……. 틀림없어……. 하지만 그 친구는 뭔가 자신의 주장을 펼치고, 이 문제에 대해 심각하게 고려하는 듯했어. 그러고 나서 결정한 것 같아. 그럼…… 뵈프, 뵈프도 미친 걸까……? 그리고 다른 사람들은? 그들은 어떻게 된 거지……?

뒤다르 전염병이라고 가정해 볼 수 있어. 유행성 감기처럼 말이야. 전염병으로 밝혀진 게 한둘이 아니잖아.

베랑제 아냐, 이 병은 유행성 감기와는 달라. 혹시 식민지에서 온 게 아닐까?

뒤다르 어쨌든 뵈프를 비롯한 여러 사람들이 자네를 괴롭히려고 일부러 변신했고 그런 행동을 한 건 아니라고. 그 사람들은 자신도 모르게 코뿔소로 변했을 거야.

베랑제 그래. 자네 말이 옳아. 좀 위로가 되는군……. 그렇다면 오히려 더 심각한 일 아닌가? (이때 안쪽 창문 밑으로 코뿔소들 달리는 소리가 들린다.) 저 소리 들리나? 들어 봐. (창문으로 급히 간다.)

뒤다르 그냥 내버려 둬! (베랑제는 창문을 다시 닫는다.) 저놈들이 자네를 귀찮게 하지도 않는데, 뭘? 너무 예민하게 반응하는 거 아냐? 그건 좋지 않아. 신경 쇠약에 걸린다고. 물론, 충격을 받았겠지! 하지만 또 다른 충격은 피하는 게 상책이야! 지금은 원기 회복에나 신경 쓰라고.

베랑제   과연 내가 그 코뿔소 전염병을 견뎌 낼까…….

뒤다르   어쨌든 치명적인 건 아니야. 몸에 이로운 병도 있어. 원하면 병을 치유할 수도 있고 말이야. 그 병은 사라질 거야. 자, 힘내.

베랑제   분명 그 병은 후유증을 남길 거야! 이렇게 온몸이 균형을 잃고 있으니 말이야…….

뒤다르   일시적인 거야. 너무 걱정 말게.

베랑제   증명할 수 있나?

뒤다르   그렇게 믿지. 그렇게 추측한다고.

베랑제   정말 이런 종류의 신경병은 원치 않으면, 안 걸릴까? 정말 병에 안 걸릴까……! 코냑 한 잔 마실래?
          (베랑제는 술병이 있는 탁자로 간다.)

뒤다르   괜찮아. 고맙지만, 사양하겠어. 개의치 말고 마시고 싶으면 마셔. 자, 어서……. 자네를 방해하고 싶지 않아. 그러나 조심해야 해. 술 마시면 머리가 더 아플지 몰라.

베랑제   알코올은 전염병에 좋아. 면역력을 높여 주지. 예를 들면, 감기 바이러스 같은 걸 죽인다고.

뒤다르   그렇다고 모든 병균을 죽이진 못할걸. '코뿔소 병'

에 대해선 아직 밝혀진 게 없으니까…….

베랑제 장은 술을 전혀 마시지 않았지. 끝까지 그걸 고수
했어. 모름지기…… 그래서…… 그의 생활 태도가
그 점을 설명해 주지. (뒤다르에게 술을 권한다.) 정
말 안 마시겠나?

뒤다르 응, 점심 먹기 전엔 안 마셔. 아무튼 고맙네.
(베랑제는 잔을 비운다. 그는 술병과 잔을 든 채로 기
침한다.)

뒤다르 그것 보게. 술을 못 견디는 것…… 술이 기침 나
오게 만든다니까.

베랑제 (불안해하며) 그래, 기침이 나오는군. 내 기침이 어
땠던가?

뒤다르 누구나 마찬가지야. 좀 독한 술을 마시면 그런 기
침이 나온다고.

베랑제 (술병과 잔을 놓기 위해 탁자로 간다.) 기침이 좀 이
상하지 않았어? 정말 사람의 기침 소리였냐고?

뒤다르 무슨 말을 하는 거야? 사람의 기침 소리지……
무슨 유별난 기침이기라도 하단 말인가?

베랑제 모르겠어……. 혹시…… 동물의 기침을 하지 않았
나 해서……. 근데 코뿔소도 기침을 하던가?

뒤다르 이봐, 베랑제, 자네 참 우스운 사람이군. 스스로
문제를 만들어 내고 있어. 이상한 의문을 품고서
말이야……. 자네 스스로 이 사태를 방어하는 가
장 좋은 방법이 의지를 갖는 것이라 말하지 않았

나…….

베랑제 그래, 물론이지.

뒤다르 그렇다면 그 의지를 증명해 봐.

베랑제 난…… 의지를 가지고 있다고 확신하네…….

뒤다르 ……그 점을 증명해 보라니까……. 자, 어서, 코냑
은 그만 마시고……. 그래야 자네 스스로 확신이
설 걸세.

베랑제 날 이해하려 들지 않는군. 다시 말하지만, 내가
술을 마시는 건 위험한 지경에서 벗어나기 위해서
야. 다 생각하고 마시는 거라고. 코뿔소 병만 사라
지면, 술 안 마셔. 이미 그렇게 맘을 먹고 있어. 그
결정을 잠시 유보하고 있을 뿐이지.

뒤다르 그건 변명이야.

베랑제 뭐, 변명이라고……? 어쨌든 지금 일어나고 있는
사건과는 아무 상관이 없어.

뒤다르 알 수 없지.

베랑제 (질겁하며) 정말 그렇게 생각해? 술 마시는 게 이
사건과 관련이 있단 말이지? 난, 알코올 중독자
가 아니야. (거울로 가서 자기 모습을 응시한다.) 혹
시…… (손으로 얼굴을 만지면서 붕대에 싸인 이마를
더듬는다.) 아무것도 변하지 않았어. 더 악화되지
않았다고. 이건 좋은 징조야. 적어도 해롭지 않다
는 증거라고.

뒤다르 이봐, 베랑제, 내가 농담했어. 장난이 좀 심했군.

그런데 자넨 모든 걸 비관적으로만 보는 것 같아. 신경 쇠약에 걸리지 않도록 조심해. 그 충격과 우울증에서 벗어나 외출도 하고 산책도 한다면, 기분이 호전될 거야. 그래, 그 어두운 생각들은 모두 사라질 거야.

베랑제　외출? 그래야겠지. 그러다가는 분명 코뿔소를 만날 텐데……. 그게 두렵단 말이야.

뒤다르　그래? 그럼 코뿔소 다니는 길을 피하면 되지. 더구나 그것들의 수는 많지도 않거든.

베랑제　내 눈엔 코뿔소들만 보여. 자넨 그런 날 병적이라고 하겠지만…….

뒤다르　코뿔소가 자네에게 덤벼들지는 않을 거야. 그냥 내버려 두면, 아무 관심도 보이지 않는다고. 본래 나쁜 동물이 아니거든. 그놈들도 뭔가 자연적으로 순진한 데가 있어. 그래, 천진난만하다고나 할까. 나 역시 여기 오는데 시내 한복판을 걸어왔거든. 보다시피 이렇게 멀쩡하잖아. 난 아무 걱정도 하지 않았다고.

베랑제　난 코뿔소만 보면, 정신이 아찔하다고. 신경이 날카로워져. 그래서 화가 나는 건 아니지만……. 아니야, 누구든 화를 내서는 안 돼. 화를 내면 나쁜 결과가 초래될지도 몰라. 자신을 잘 통제해야 해. 그런데 뭔가 날 압박해 오는 것 같아. (심장을 가리킨다.) 가슴을 짓누르고 있어.

뒤다르　어느 정도까진 자네의 충격을 인정하네. 하지만 너무 지나쳐. 유머가 없어. 그게 자네의 결점이라고. 유머 감각이 없단 말이야. 이런 사건은 초연한 태도로 가볍게 볼 줄도 알아야 해.

베랑제　난, 이 사건에 대해 연대 의식을 느껴. 무관심한 채로 있을 수 없지. 이 사건에 개입할 거야.

뒤다르　자신이 심판받기 싫으면, 남도 심판하려 해선 안 돼. 사사건건 걱정하고 참견하면, 이 세상을 어떻게 살아가겠나?

베랑제　다른 곳, 혹은 다른 나라에서 발생한 사건이라면, 그리고 신문을 통해 알려진 사건이라면 태평하게 토론하고 다양한 각도에서 얘기할 수 있겠지. 그리고 나중에 객관적인 결론을 끌어낼 수도 있고. 학술 토론회도 개최하고, 전문가나 작가, 법률가, 여성 지식인, 예술가 등을 토론에 참여시키면서 말이야. 물론 거리의 시민들도 토론회에 참석할 수 있어. 그건 분명 흥미진진하고, 교육적 효과를 유발할 거야. 그러나 자신이 직접 사건에 개입되어 있거나, 갑자기 폭력적인 현실에 놓이면, 스스로 당사자임을 느끼게 되는 건 당연한 일이지. 너무 충격이 커서 이성을 잃을 정도로 말이야. 난 무척 놀랐다고! 도저히 그 충격에서 벗어날 수가 없어.

뒤다르　나 역시 자네처럼 꽤나 놀랐지. 아니, 놀랐었다는

편이 낫겠군. 이미 이 사건에 익숙해지기 시작했
으니까…….

베랑제   자넨 나보다 훨씬 안정된 신경 조직을 가졌군. 축하
하네. 하지만 그게 불행한 일이란 걸 모르고 있어.

뒤다르   (말을 가로막으며) 코뿔소로 변한 게 옳다는 건 아
니야. 날 완전히 코뿔소 편이라고 생각하지 말게.
(이번에는 무대 앞 창문 아래로 코뿔소 지나가는 소리
가 난다.)

베랑제   (깜짝 놀라며) 또 나타났어! 코뿔소들이 나타났
어! 아! 어떻게 하지? 난 저놈들에 적응하지 못하
겠어. 혹시 내가 잘못하고 있는 건 아닐까? 저놈
들 생각에 공연히 괴로워하거나 잠 못 드는 게 아
닐까? 어젠 불면증 때문에 혼났어. 피곤하고 지쳐
서 이젠 낮에도 졸려 죽을 지경이야.

뒤다르   수면제를 복용하게.

베랑제   그건 해결책이 못 돼. 잠이 들면 더 고통스럽다고.
악몽에 시달리니까 말이야.

뒤다르   사건들에 너무 집착해서 그래. 마치 고통을 즐기
기라도 하는 것처럼…… 고백해 보게.

베랑제   난, 결코 마조히스트가 아니야.

뒤다르   그럼, 사건을 인정하고 극복하라고. 상황이 그렇
다면 어쩔 수 없는 일 아닌가?

베랑제   숙명론을 펴는군.

뒤다르   그건 지혜야. 사건이 발생하는 덴 분명 그만한 이

유가 있어. 그 원인을 규명하는 게 중요해.

베랑제　(일어나면서) 좋아. 아무튼 난 이 상황을 받아들이지 못하겠어.

뒤다르　그럼 어떻게 하려고? 어쩔 셈인가?

베랑제　지금 당장은 모르겠어. 좀 더 생각해 봐야지. 신문에 투고하거나, 성명서를 발표하거나, 시장을 만나거나 해야지. 시장이 바쁘다면, 부시장이라도 만나 봐야겠지.

뒤다르　시 당국의 일은 스스로 알아서 하도록 내버려 두게. 난, 말이야, 자네가 도덕적으로 이 사건에 개입할 자격이 있는지조차 의심스러워. 더구나 사태는 아직 심각할 정도가 아니라고. 코뿔소로 변한 몇 사람 때문에 그렇게 부심하는 건 어리석은 짓이지. 그들은 자기들의 피부에 불만이 있었던 게야. 그들 자유지 뭐. 전적으로 그 사람들 문제야.

베랑제　악은 근본적으로 근절해야 해.

뒤다르　악, 악이라니! 말도 안 되는 소리! 우리가 무엇이 악이고 선인지 알기나 하나? 그건 분명 편견에 불과해. 특히 자네는 자네 문제로 두려워하고 있어. 그게 바로 진실이지. 그러나 자네는 결코 코뿔소로 변하지 않을 거야. 그런 자질을 가지고 있지 않아!

베랑제　아, 그래, 그래! 지도층과 시민들이 모두 자네처럼 생각하니 행동할 결심을 못 하는 거라고.

뒤다르	그렇다고 외국에 도움을 청할 셈인가. 이건 국내 문제야. 오로지 우리 나라와 관련된 일이지.
베랑제	난, 국제적 연대감을 믿어…….
뒤다르	돈키호테 같은 친구로군! 아니, 악의로 하는 말은 아니니 화내지 말게! 알다시피, 일이 잘되길 바라서 그러는 거야. 냉정을 되찾아야 한다고.
베랑제	자네 말이 맞아, 용서하게. 내가 지나치게 불안해하고 있군. 심기일전해야겠어. 자네 붙잡고 쓸데없는 말만 늘어놔서 미안하네. 자네도 할 일이 많을 텐데. 아 참, 내 병가 신청서는 접수됐나?
뒤다르	걱정 마. 처리 중일 거야. 더구나 회사는 일을 못하고 있어.
베랑제	아직 계단 수리가 안 끝났어? 그렇게 무관심할 수가 있나……! 그러니 모든 게 악화되는 거라고.
뒤다르	수리 중인데, 그렇게 빨리는 못 고치네. 일꾼 구하기가 보통 힘든 게 아니야. 일꾼들을 고용해도, 그 사람들은 하루 이틀 일하곤 사라진단 말이야. 다시는 만날 수가 없거든. 그래서 또 다른 사람들을 찾아야 해.
베랑제	일자리 없다고 불평할 땐 언제고! 적어도 시멘트 계단은 돼야 할 텐데…….
뒤다르	아니, 이번에도 목재 계단이야. 하지만 새것이지.
베랑제	여전히 판에 박은 행정이로군. 쓸데없는 곳엔 돈을 펑펑 쓰면서, 필요한 경우엔 언제나 예산 타령

을 하지. 파피용 부장이 가만히 있지 않을걸. 부
장은 시멘트 계단에 꽤나 집착했거든. 그래, 그가
뭐라 하던가?

뒤다르 부장은 없어. 사표 내고 회사를 떠났지.

베랑제 아니, 그럴 리가!

뒤다르 사실이야.

베랑제 놀라운 일이군……. 계단 때문인가?

뒤다르 그건 아닐 거야. 아무튼 그 일 때문에 사표를 내
진 않았어.

베랑제 그럼, 무엇 때문인데? 무슨 일 있나?

뒤다르 시골로 간대.

베랑제 그가 은퇴한다는 건가? 그럴 나이가 안 됐는
데……. 간부로 승진할 수도 있고 말이야.

뒤다르 그걸 포기한 거야. 좀 쉬어야겠다고 말하곤 했지.

베랑제 부장이 없으면 사장은 꽤 곤란할 텐데……. 어서
후임자를 찾아야겠군. 자네로선 잘된 일이야. 대
학을 나왔으니, 기회가 될 수 있겠지.

뒤다르 사실은 말이야…… 좀 우스운 얘긴데…… 부장이
코뿔소로 변했다네.

(멀리서 코뿔소 소리가 들려온다.)

베랑제 코뿔소라니! 파피용 부장이 코뿔소가 됐다고! 아
니, 저런! 그럴 수가……! 그게 뭐가 우스운 일인
가! 왜 좀 더 일찍 말하지 않았어?

뒤다르 알다시피 자넨 유머 감각이 없잖아. 그래서 말하

고 싶지 않았네……. 자네가 이 일을 웃어넘기지 못하고, 충격받을 것 같아서 말이야. 자넨 너무 감수성이 예민해!

베랑제 (두 팔을 높이 치켜들고) 아! 이런……. 파피용 부장이! 그렇게 좋은 지위에 있던 사람조차…….

뒤다르 그러니 부장이 얼마나 신중하게 결정했겠나?

베랑제 아마 의도적으로 코뿔소로 변하진 않았을 거야. 의도하지도 않았는데 코뿔소로 변하는 게 문제라고!

뒤다르 그걸 어떻게 아나? 사람들이 비밀스러운 이유로 결정하는 건 알아차리기 힘들어.

베랑제 그건 잘못된 행동이야. 뭔가 숨겨 둔 콤플렉스라도 있겠지. 자발적으로 정신 분석이라도 받았어야 하는 건데…….

뒤다르 콤플렉스가 그렇게 나타난 것일 수 있어. 누구나 나름대로 승화하는 방법을 발견하니까.

베랑제 부장은 스스로 그 길을 택한 거야. 분명해.

뒤다르 누구에게나 있을 수 있는 일이지!

베랑제 (질겁하여) 누구에게나? 아, 아니야. 자넨 그렇지 않아. 그렇지? 나 역시 그렇지 않아!

뒤다르 그러길 바라네.

베랑제 원치 않으니까……. 안 그래……? 그렇지……. 말해 봐. 안 그래……?

뒤다르 물론…… 물론이지…….

베랑제 (다소 진정하며) 그래도 부장은 조금 더 오래 버

틸 줄 알았어. 그의 꼿꼿한 성품을 믿었다고. 그
의 관심, 정신적, 물질적 관심이 무엇인지는 몰라
도…….

뒤다르   부장에겐 사심이 없었어. 그건 분명해.

베랑제   물론. 그렇다면, 그의 그런 태도가 상황을 완화시
켰다는 거야, 악화시켰다는 거야? 내가 보기엔 악
화시킨 것 같은데. 부장이 기분대로 코뿔소가 됐
다면, 보타르가 그의 행동을 강하게 비난했을 거
라고. 보타르는 뭐라고 하던가? 부장의 태도에 대
해서 말이야.

뒤다르   그 불쌍한 보타르는 분개했네. 무척 화를 냈지. 사
람이 그렇게 흥분한 걸 본 건 처음이었어.

베랑제   좋아. 그럼 이번 경우는 그의 탓이 아니군. 아! 보
타르, 그는 분별력이 아주 뛰어난 사람이야. 그를
별로 좋게 보진 않았지만.

뒤다르   그 사람도 자네를 별로 좋게 보지 않았어.

베랑제   그게 바로 내가 이 사건을 객관적으로 보고 있다
는 증거야. 자네도 그에게 호의적이진 않았잖아.

뒤다르   호의적이지 않았다니……. 그렇지 않아. 물론 의
견 차가 있긴 했지. 그의 회의주의, 의구심, 불신
등이 불쾌했거든. 이번 경우도 보타르에게 전적으
로 찬성하진 않았어.

베랑제   바로 그 대립된 이유들 때문인가?

뒤다르   아니. 꼭 그런 건 아냐. 나의 추론과 판단엔 자네

가 눈치챌 정도로 약간의 뉘앙스가 있지. 보타르
의 논증이 정확하지도 객관적이지도 않기 때문이
야. 다시 말하지만, 난 결코 코뿔소 무리에 찬성
하지 않아. 추호도 그런 생각은 말게. 오로지 보
타르의 태도만 일관되게 열정적이었어. 그러니 그
가 얼마나 단순한 사람인가. 그의 입장은 상급자
에 대한 증오심에서 나온 것 같았다고. 일종의 열
등의식이랄까, 유감의 표시랄까. 또한 그 사람은
판에 박은 말만 골라 하고 있어. 그런 상투적인
얘긴 아무런 느낌도 주지 못하지.

베랑제　자네가 기분 나쁠지 모르지만, 난 이번 경우엔 보
타르 생각에 동의하네. 그는 정직한 사람이야.

뒤다르　부정하지 않겠어. 그러나 그건 아무 의미도 없어.

베랑제　그래, 그는 정직한 사람이야! 정직한 사람들은 그
렇게 흔치 않아. 뜬구름 잡는 소릴 하진 않는다
고. 네발로 걸어다니는, 아니 미안, 두 발로 걸어
다니는 정직한 사람. 난, 보타르와 의견이 같다는
게 기뻐. 그를 만나면, 축하해 줘야지. 파피용 부
장은 마음에 안 들어. 그는 굴복해서는 안 되는
의무를 지고 있다고.

뒤다르　자네 정말 관대하군! 아마도 부장은 오랜 세월 사
무실에서만 생활했으니, 이젠 좀 긴장을 풀고 싶
었을 거야.

베랑제　(빈정거리며) 오히려 자네가 너그럽군. 마음이 하

늘 같아!

뒤다르 이봐, 베랑제. 언제나 이해하려고 노력해야 하네. 하나의 현상과 그 결과들을 이해하려면, 성실하고 지적인 노력을 통해 그 원인을 규명해야 한다고. 그런 식으로 노력해야 해. 우린 생각하는 존재 아닌가. 다시 말하지만, 그 점에 있어서 난 성공하지 못했어. 앞으로 성공할 수 있을지도 모르겠고……. 어쨌든 처음엔 호의적인 예측을 하는 게 좋고, 적어도 중립을 지키거나 개방된 생각을 하는 게 좋아. 그게 과학적 사고의 특징이니까 말이야. 모든 게 논리적이지. 이해하는 것, 그건 곧 정당화하는 것이지.

베랑제 자네도 머지않아 코뿔소의 동조자가 되겠군.

뒤다르 아니. 절대 그럴 일 없어. 그렇게 되진 않을 걸세. 난, 그저 사건을 냉정하게 바라보려고 할 뿐이야. 현실주의자가 되고 싶어. 난, 자연적인 것에 진정한 악은 존재하지 않는다고 생각하네. 모든 걸 나쁘게만 보는 사람은 불행하지. 그게 바로 뭐든 따지는 사람의 속성 아닌가.

베랑제 그럼 코뿔소가 자연적이란 말인가?

뒤다르 물론이지. 코뿔소보다 더 자연적인 게 어딨나?

베랑제 그래, 하지만 코뿔소로 변한 사람은 비정상이야.

뒤다르 물론! 두말하면 잔소리지……! 자네도 알고 있는 것처럼…….

베랑제	그럼, 두말할 것도 없이 비정상적이라고 완전히 비정상이야!
뒤다르	너무 확신하는 것 같아. 어디까지가 정상이고 비정상인지 어떻게 알 수 있겠나? 정상과 비정상의 개념을 구분할 수 있냐고? 철학적으로나 의학적으로 이 문제를 해결한 사람은 아직 없어. 문제를 잘 알고 확신해야지…….
베랑제	이 문제를 철학적으로 규명하긴 어려울 거야. 그러나 몸소 실천하기는 쉽지. 가령 운동이 존재하지 않는다는 걸 논증할 순 있어……. 그러고 나서 사람이 걷는다고. 걷는다, 걷는다, 이렇게 말야……. (그는 방의 한쪽 끝에서 다른쪽 끝으로 걷는다.) 사람들은 걸으면서, 갈릴레오가 그랬던 것처럼 말하지. "그래도 지구는 돈다."
뒤다르	모든 걸 혼동하고 있군! 혼동하지 말게. 갈릴레오의 경우는 정반대야. 그의 이론과 과학적 사고는 당시의 상식과 교리를 옳게 뒤집어 엎었다고.
베랑제	(어쩔 줄 모르며) 그게 무슨 소리야! 상식이니, 교리니…… 그런 말들, 말들! 혹시 내가 혼동했을지 몰라. 그러나 자네는 이성을 잃고 있어. 어느 게 정상이고 비정상인지 구별조차 못 하고 있잖아! 갈릴레오를 들먹이며 날 공격하지만…… 난 갈릴레오 따윈 아랑곳하지 않아!
뒤다르	갈릴레오를 거론한 사람은 바로 자네야. 실천이란

최후의 말로 문제를 제기한 것도 자네라고. 실천이 결정적일 수는 있지만 그건 실천이 이론을 앞서는 경우에만 가능해! 사상과 과학의 역사가 그 사실을 증명하지.

베랑제　(점점 더 화가 나서) 역사는 아무것도 증명하지 않아! 그건 터무니없는 말장난이고, 광기일 뿐이야!

뒤다르　광기가 뭔지나 알고 말하라고……

베랑제　광기가 광기지 뭐! 광기는 그냥 광기야! 누구나 광기가 뭔지 알고 있다고. 그럼 코뿔소들은? 그건 실천적인가, 아니면 이론적인가?

뒤다르　실천적이기도 하고 이론적이기도 하지.

베랑제　뭐, 둘 다라고!

뒤다르　둘 다, 아니면 실천적이거나 이론적이거나 그중 하나. 아무튼 논쟁거리야!

베랑제　그렇다면, 난…… 생각하기를 포기하겠어!

뒤다르　자네 흥분하고 있군. 우린 서로 의견이 달라. 그러니 차분히 얘기해 보자고. 토론을 해야 해.

베랑제　(화가 나서) 내가 흥분하고 있다고? 내가 장같이 보여? 아니! 그럴 리 없어. 장처럼 코뿔소로 변하고 싶지 않다고! 안 돼, 그를 닮고 싶지 않아. (진정하며) 난, 생각을 철학적으로 정리하는 능력은 없어. 공부를 많이 못 했지. 그러나 자넨 대학을 나왔고, 그 점이 나보다 토론에서 유리해. 난 뭐라고 응수해야 할지 모르겠어. 답변이 서투르단 말일세. (코뿔소 울음소리가 점점 더 커진다. 안쪽 창문 밑을 통과한 코뿔소들이 계속 무대 앞 창문 밑으로 지나간다.) 하지만, 난 자네가 틀렸다고 생각해. 본능적으로 느끼고 있어. 아니, 본능적인 건 코뿔소지. 직관적으로 그걸 느낄 수 있어. 맞았어, 바로 직관적이란 말이 어울리는군.

뒤다르 직관적이라니, 그건 또 뭐야?

베랑제 직관, 이를테면…… 뭐랄까……. 자네의 그 지나친 관대함, 너그러운 관용이랄까……. 사실 내가 보기엔 유약함…… 아니면 무분별함이랄까…….

뒤다르 순진하긴……. 그렇게 주장하는 건 바로 자네야.

베랑제 아무튼 나와 함께라면 별문제 없을 거야. 그런데 이봐, 논리학자를 만나러 가야겠어…….

뒤다르 논리학자라니, 누구?

베랑제 논리학자 말이야. 철학자이기도 하고……. 논리학자가 뭐 하는 사람인지 잘 알잖아. 내가 만났던 논리학자 말인데, 그 사람이 설명했었지…….

뒤다르 그가 뭘 설명했단 말인가?

베랑제 아시아 코뿔소가 아프리카 코뿔소고, 아프리카 코뿔소가 아시아 코뿔소라고 했어.

뒤다르 무슨 말인지 통 모르겠군.

베랑제 아냐…… 그렇지 않아……. 논리학자는 정반대로 논증했어. 즉 아프리카 코뿔소가 아시아 코뿔소고…… 아시아 것이…… 내 말은 그게 아니고…….

아무튼, 자넨 그가 하는 말을 잘 이해할 거야. 그 사람도 자네처럼 선량하고 지적이며 박학한 사람이라고. (점점 코뿔소들의 소리가 커진다. 두 사람이 주고받는 대화는 앞뒤 창문 아래의 코뿔소 소음에 휩싸여 있다. 잠시 동안 두 사람의 대화 내용이 들리지 않는다. 움직이는 입술 모양만 보인다.) 또 코뿔소들이야! 아직 사라지지 않았어! (안쪽 창문으로 달려간다.) 이젠 그만해! 지긋지긋해! 나쁜 놈들!

(코뿔소들이 멀리 사라진다. 베랑제는 그 방향으로 주먹을 쥐어 보인다.)

뒤다르 (앉아서) 자네가 말한 그 논리학자를 만나 봐야겠어. 그가 이 모호하고 미묘한 문제를 풀어만 준다면…… 정말 더 이상 바랄 게 없겠네.

베랑제 (무대 앞 창문으로 달려가면서) 좋아, 논리학자를 데려오겠네. 그 사람이 모든 걸 말해 줄 거야. 뛰어난 인물이니까 말이야. (창문에서 코뿔소를 향해) 나쁜 놈들!

(조금 전과 같은 동작)

뒤다르 가만 내버려 둬. 좀 친절할 수 없나? 인간들에게 그런 식으로 말하지 말라고.

베랑제 (여전히 창문에서) 또 오는군! (창문 아래 오케스트라석에서 코뿔소 뿔이 돋아난 구멍 난 모자가 보인다. 그것은 왼쪽에서 오른쪽으로 급히 사라진다.) 저기 코뿔소 뿔로 구멍 난 모자를 봐! 아니! 저건 논리학

자의 모자 아닌가! 논리학자의 모자야! 이럴 수
가! 논리학자가 코뿔소로 변하다니!

뒤다르   그의 행동을 추잡하다고 할 수 없어.

베랑제   맙소사, 이제 누구를 믿지? 누구를 믿어야 하냐
고! 논리학자가 코뿔소가 되다니!

뒤다르   (창문으로 가며) 어디 볼까?

베랑제   (손가락으로 가리키며) 저기, 저거야! 보이지?

뒤다르   모자 쓴 코뿔소는 딱 하나야. 그게 자네를 몽상가
로 만들었군. 자네가 말한 그 논리학자야……!

베랑제   논리학자가…… 코뿔소가 되다니!

뒤다르   그래도 과거의 흔적은 그대로 남아 있군!

베랑제   (그는 모자를 쓴 코뿔소를 향해 다시 주먹을 쥐어 보
인다.) 널 따라가지 않겠어! 절대 따라가지 않을
거야!

뒤다르   자네 말대로 논리학자가 진정한 사상가라면 감정
에 휩쓸려 행동하진 않았을 거야. 그는 코뿔소가
되기 전, 분명 어느 쪽을 택할지 신중히 검토했을
거라고.

베랑제   (사라지는 코뿔소들과 코뿔소로 변한 논리학자에게 창
가에서 큰 소리로) 난 너희들을 따라가지 않겠어!

뒤다르   (소파에 앉으며) 그래, 곰곰이 생각해야겠어!
(베랑제는 무대 앞 창문을 닫고, 안쪽 창으로 간다. 그
쪽으로 코뿔소들이 지나간다. 집 주위를 돌고 있는 모
양이다. 창문을 열고 코뿔소들에게 소리 지른다.)

베랑제 싫어, 따라가지 않겠어!

뒤다르 (소파에 앉아 혼잣말로) 코뿔소들이 집 주위를 돌
고 있어. 그들이 놀고 있는 거야! 덩치 큰 애들처
럼! (조금 전부터, 왼쪽 계단으로 올라오는 데이지의
모습이 보인다. 그녀는 베랑제의 아파트 문을 두드린
다. 팔에 바구니를 끼고 있다.) 베랑제, 노크하는 소
리가 나. 누가 왔어!
(뒤다르는 여전히 창가에 있는 베랑제의 옷소매를 잡
아당긴다.)

베랑제 (코뿔소들을 향해 큰 소리로) 창피해! 창피하다고.
너희들의 위선적인 행동!

뒤다르 베랑제, 누가 왔다니까, 내 말 안 들려?

베랑제 문을 열어 주게!
(그는 말없이 계속 코뿔소들을 바라본다. 그들의 소리
가 멀어진다. 뒤다르가 문을 열러 간다.)

데이지 (들어오며) 안녕하세요, 뒤다르.

뒤다르 아니, 데이지 양 아니세요!

데이지 베랑제 있어요? 그 사람 좀 괜찮아요?

뒤다르 잘 있었어요, 데이지 양? 베랑제 집엔 자주 와요?

데이지 그가 어디 있죠?

뒤다르 (손가락으로 가리키며) 저기요.

데이지 가엾은 사람, 아무도 없으니……. 요즘 몸도 안 좋
은데, 보살펴 줄 사람이 필요해요.

뒤다르 정말 좋은 친구군요, 데이지 양.

데이지   그럼요, 사실 좋은 친구죠.

뒤다르   마음도 좋고요.

데이지   난, 좋은 친구일 뿐입니다.

베랑제   (창문을 열어 놓은 채, 고개를 돌린다.) 아니! 데이지
         양! 이렇게 와 주시다니 고마워요. 정말 친절하군요.

뒤다르   정말 친절해…….

베랑제   데이지 양, 논리학자가 코뿔소가 됐어요! 알고 있
         죠?

데이지   알아요. 방금 오다가 거리에서 만났어요. 그 나이
         에 무척 잘 달리던데요. 좀 어때요, 베랑제?

베랑제   (데이지에게) 머리, 아직도 머리가 아파요! 소름 끼
         칠 지경이야. 어떻게 생각하면 좋을까?

데이지   좀 더 쉬세요. 며칠 조용히 집에서 쉬는 게 좋겠
         어요.

뒤다르   (베랑제와 데이지에게) 내가 방해가 되는 건 아닌
         지…….

베랑제   (데이지에게) 난, 논리학자를 어떻게 생각하느냐고
         물었어…….

데이지   (뒤다르에게) 왜 방해된다고 생각하죠? (베랑제에
         게) 아! 논리학자 말인가요? 그 일은 생각해 본
         적 없어요.

뒤다르   (데이지에게) 혹시 내가 지나쳤나요?

데이지   (베랑제에게) 그 사람 일을 뭐 하러 생각해요! (베
         랑제와 뒤다르에게) 새로운 소식이 있어요. 보타르

가 코뿔소로 변했어요.

뒤다르 아니, 그럴 리가!

베랑제 있을 수 없는 일이야! 보타르는 코뿔소에 반대했어. 잘못 봤을 거야. 항의도 했는걸. 뒤다르도 방금 언급했어, 안 그래 뒤다르?

뒤다르 맞아.

데이지 그 사람이 코뿔소에 반대했던 건 알아요. 하지만 파피용 부장이 코뿔소로 변한 바로 다음 날 코뿔소가 된걸요.

뒤다르 그랬군! 그가 생각을 바꾼 거야! 누구든 그럴 권리가 있으니까.

베랑제 그렇다면, 앞으로 무슨 일이 일어날지 모르겠는걸!

뒤다르 (베랑제에게) 그는 선량한 사람이라고. 방금 자네의 주장에 따른다면 말이야.

베랑제 (데이지에게) 믿을 수 없어요. 누군가 거짓말을 한 거야.

데이지 코뿔소가 된 보타르를 보았어요.

베랑제 그렇다면 그가 거짓말한 거야. 그가 자신을 위장한 거라고.

데이지 꽤 진지한 표정이었는걸요. 진지함 그 자체였어요.

베랑제 그가 변명하던가요?

데이지 그대로 전하면, "자기 시대를 따라야 한다."라고 했어요. 그게 인간 보타르가 마지막으로 한 말입니다!

뒤다르   (데이지에게) 데이지, 난 여기서 당신을 만날 줄 알
         았어요.

베랑제   ……자기 시대를 따라야 한다니! 터무니없는 생
         각이야!

         (베랑제는 크게 제스처를 취한다.)

뒤다르   (데이지에게) 사무실이 폐쇄된 후, 어디서도 데이
         지를 만날 수 없었거든.

베랑제   (계속 혼잣말로) 그렇게 순진할 수가!

         (같은 제스처를 취한다.)

데이지   (뒤다르에게) 날 만나고 싶으면, 전화 한 통화면 됐
         을 텐데요!

뒤다르   (데이지에게) ……아! 좀 망설였어요. 조심하느라
         고…… 데이지.

베랑제   하긴 잘 생각해 보면, 그의 무모한 행동이 놀라울
         것도 없지. 그의 확신은 겉모습에 불과했으니까.
         아무튼 그 사람은 선량했어. 그건 확실해. 그렇다
         면 선량한 사람들은 선량한 코뿔소가 된단 말인
         가? 말도 안 돼……! 그런 사람들은 마음이 좋아
         쉽게 속아 넘어가지.

데이지   테이블 위에 바구니를 놓아도 되죠?

         (그녀는 테이블 위에 바구니를 놓는다.)

베랑제   하지만 그는 정직한 사람이었어. 코뿔소에 대해
         분개했거든…….

뒤다르　(바구니를 탁자에 놓는 데이지를 돕기 위해 서두르며, 데이지에게) 아, 미안해요. 먼저 바구니부터 내려 놓으라고 했어야 하는데…….

베랑제　(계속해서) ……그는 상관에 대한 증오심과 열등 감 때문에 코뿔소가 된 거야…….

뒤다르　(베랑제에게) 자네 생각은 틀렸어. 그는 바로 착취 자의 주구인 부장의 지시를 따른 거야. 그의 표현 에 따르면 그렇지. 내가 보기에 그 사람은 우발적 인 충동에서 그런 게 아니라 공동체 정신을 선택 한 거라고.

베랑제　코뿔소가 소수파인 걸로 봐서 우발적인 건 코뿔 소들이야.

뒤다르　지금 당장은 그렇지…….

데이지　그러나 소수파가 점점 늘어나고 있어요. 내 사촌 과 그의 부인도 코뿔소가 됐죠. 개인의 인격과 아 무런 상관이 없다고요. 가령 레츠 추기경 같은 분 도 코뿔소가 된걸요.

뒤다르　아니 고위 성직자까지!

데이지　마자렝 추기경도요!

뒤다르　이 현상은 다른 나라까지 확산될 거야.

베랑제　이런 악이 우리 나라에서 발생하다니!

데이지　……귀족들도 동참하고 있어요. 생시몽 공작도…….

베랑제　(팔을 공중에 쳐들고) 고전주의 작가들까지!

데이지　그 밖에도 많은 사람들이 코뿔소로 변했어요. 이

도시 사람의 4분의 1은 될 거예요.

베랑제   아직은 그렇지 않은 사람들이 더 많아. 그걸 활용
해야 해. 완전히 휩쓸리기 전에 뭔가 대책을 세워
야겠어.

뒤다르   코뿔소들은 매우 위력적이야.

데이지   우선 식사부터 해요. 내가 먹을 걸 가져왔어요.

베랑제   데이지, 고마워요.

뒤다르   (혼잣말로) 그래, 정말 친절해.

베랑제   (데이지에게) 뭐라고 감사의 말을 해야 할지 모르
겠군.

데이지   (뒤다르에게) 우리와 함께 있을 거죠?

뒤다르   귀찮게 하기 싫은데…….

데이지   (뒤다르에게) 무슨 말씀이세요, 뒤다르? 당신과 함
께 있는 게 얼마나 즐거운데요.

뒤다르   당신들을 귀찮게 하고 싶지 않다니까…….

베랑제   (뒤다르에게) 아냐, 뒤다르. 자네와 함께 있으면, 언
제든 즐겁다고.

뒤다르   난, 좀 바빠. 약속이 있거든.

베랑제   방금, 시간 많다고 하고선.

데이지   (바구니에서 음식물을 꺼내면서) 먹을 걸 구하느라
고 얼마나 고생했는지 알아요……? 가게란 가게는
죄다 부서졌어요. 코뿔소가 완전히 휩쓸고 지나가
버렸거든요. 거의 모든 상점들이 문을 닫았어요.
문 앞엔 '코뿔소로의 변신 때문'이라고 써 붙여 놨

더군요.

베랑제　코뿔소들을 모두 울타리 속에 가두고, 못 나오게 해야 해.

뒤다르　내 생각에 그 계획은 실현 불가능해. 무엇보다 동물 보호 단체가 들고일어날 거야.

데이지　또한 코뿔소들에겐 각자 부모와 친구들이 있어요. 그게 사태를 더욱 복잡하게 만들걸요.

베랑제　그럼, 모든 사람이 코뿔소 대열에 합류했단 말이야?

뒤다르　모두 연대감을 형성하고 있는 거지.

베랑제　어떻게 모두 코뿔소로 변할 수 있을까? 도무지 모르겠는걸. 알 수 없어! (데이지에게) 상 차리는 것 좀 거들까요?

데이지　(베랑제에게) 괜찮아요. 접시 있는 곳을 알아요. (찬장으로 가서 수저를 꺼내 온다.)

뒤다르　(혼잣말로) 아니! 데이지가 집 안의 세세한 것까지 다 알고 있잖아…….

데이지　(뒤다르에게) 자, 세 사람분 수저예요. 우리와 함께 머물 거죠?

베랑제　(뒤다르에게) 우리와 함께 있게.

데이지　(베랑제에게) 모두 익숙해졌어요. 아시다시피, 이제 코뿔소들이 거리를 쏘다닌다고 놀랄 사람은 없어요. 사람들은 코뿔소가 다니는 곳을 피해 계속 산책하거나 볼일을 봅니다. 마치 아무 일도 없었던 것처럼.

뒤다르　그게 더 현명한 판단이야.

베랑제　아냐, 그렇지 않아. 난 그럴 수 없어.

뒤다르　(곰곰히 생각하며) 내 생각으론 한 번쯤 시도해 볼
만한 체험이 아닐까 해.

데이지　지금은 식사나 해요.

베랑제　뭐야, 법을 공부한 사람이 그렇게 말하다니…….
(밖에서 코뿔소들의 소리가 크게 들려온다. 그것들은
매우 신속히 달려가는 듯하다. 이와 함께 트럼펫 소리
와 북소리가 들린다.) 무슨 일이야? (그들 모두 급히
무대 앞 창문으로 달려간다.) 무슨 일이지? (벽이 무
너지는 소리가 들린다. 그로 인해 먼지가 무대 일부를
휩싼다. 가능하면 등장인물들은 이 먼지 속에 휩싸여
보이지 않고 말하는 소리만 들린다.)

베랑제　아무것도 보이지 않아. 대체 무슨 일이야?

뒤다르　보이진 않지만, 목소린 들려.

베랑제　안 되겠어!

데이지　먼지 때문에 접시가 더러워지겠어요.

베랑제　너무 비위생적이야!

데이지　빨리 먹자고요. 딴생각 말고요.
(먼지가 사라진다.)

베랑제　(손가락으로 객석을 가리키며) 코뿔소들이 소방서
벽을 무너뜨렸어.

뒤다르　결국, 무너져 버렸군.

데이지   (창문에서 좀 떨어진 식탁에 있던 데이지, 손에 접시를
         들고 닦다가 급히 두 사람에게 달려온다.) 소방수들
         이 밖으로 나오는데요.

베랑제   소방수들이 코뿔소에 합류했어. 선두에서 북을
         치고 가는군.

데이지   큰길로 쏟아져 나와요!

베랑제   더 이상 참을 수 없어. 이젠 정말 못 참겠어.

데이지   다른 코뿔소들이 거리로 쏟아져 나와요!

베랑제   모두들 자기 집에서 나오는데…….

뒤다르   창문에도 코뿔소들이야!

데이지   모두 코뿔소 대열에 합류하고 있어요.
         (왼쪽 층계참에서 계단을 급히 내려오는 사람이 보인다.
         이어서 또 한 사람이 이마에 큰 뿔을 달고 뛰어나온다.
         그리고 머리가 완전히 코뿔소인 여자가 튀어나온다.)

뒤다르   이젠 사람들이 거의 남아 있질 않아.

베랑제   저들 중 뿔이 하나인 놈은 몇 마리야? 그리고 둘
         인 놈은?

뒤다르   그건 통계학자들이 계산하겠지. 서로 의견이 달
         랐던 학자들에겐 절호의 찬스가 될 테니까.

베랑제   뿔이 몇 개든 그 비율은 어림수에 불과해. 놈들이
         워낙 빨리 사라지니 셀 수가 있어야지. 셀 여유가
         없다니까.

데이지   그건 통계학자들에게 맡겨 두는 게 좋겠어요. 그
         들의 일이니까요. 자, 베랑제 어서 식사해요. 그럼

좀 진정이 될 거예요. 원기를 회복해야죠. (뒤다르에게) 당신도요.

(그들은 창문에서 물러난다. 베랑제는 데이지에게 손을 맡긴 채 이끌려 간다. 뒤다르는 가다가 멈춘다.)

뒤다르   난 배고프지 않아. 특히 통조림은 싫어하지. 풀밭에 앉아 먹고 싶은걸.

베랑제   그건 안 돼. 위험하단 말이야.

뒤다르   진담이야. 두 사람을 방해하고 싶지 않다고.

베랑제   방해는 무슨…….

뒤다르   (베랑제의 말을 가로막으며) 사양하는 게 아냐.

데이지   (뒤다르에게) 기필코 가시겠다면 어쩔 수 없죠…….

뒤다르   기분 나쁘게 생각하지 말라고.

베랑제   (데이지에게) 가게 두면 안 돼! 그를 붙잡아요.

데이지   나도 뒤다르가 여기 있으면 좋겠어요……. 하지만 누구에게나 자유는 있는 거니까.

베랑제   (뒤다르에게) 인간이 코뿔소보다 우월해!

뒤다르   부인하진 않겠어. 하지만 그 말에 찬성도 않겠네. 난 통 모르겠어. 모든 건 경험이 증명해 주겠지.

베랑제   (뒤다르에게) 뒤다르, 자네도 꽤나 약한 사람이로군. 머지않아 이 일시적인 도취에 빠진 걸 후회할 거야.

데이지   맞아요. 정말 일시적인 도취라면, 그리 위험한 일은 아니죠.

뒤다르	난 신중히 생각했어! 내 의무는 좋든 싫든 상관과 동료를 따라가는 거야.
베랑제	그 사람들과 결혼이라도 했단 말인가?
뒤다르	결혼은 포기했네. 난 말이야, 그런 작은 가족보다 우주적인 대가족을 좋아한다고.
데이지	(부드럽게) 정말 유감이에요, 뒤다르. 그러나 우리로선 어쩔 수 없네요.
뒤다르	내 의무는 그들을 저버리지 않는 거야. 의무를 따라야 한다고.
베랑제	자네의 의무는 그 반대편에 있어. 진정한 의무를 모르는군……. 자네의 의무는 냉정하고 단호하게 그들과 싸우는 거야.
뒤다르	난, 냉정해. (그는 무대를 빙빙 돌기 시작한다.) 냉정함을 그대로 지니고 있단 말이야. 비판할 게 있다면, 밖에서보다 안에서 하는 게 낫다네. 그들을 저버릴 수 없어. 그대로 내버려 둘 수 없다고.
데이지	대단한 용기군요!
베랑제	정말 용기가 대단해. (급히 문을 향해 가면서 뒤다르에게) 자네는 대단한 용기를 가졌어. 하지만, 자넨 인간이야. (데이지에게) 뒤다르를 붙잡아요! 그가 잘못 생각하고 있는 거야. 그는 인간이라고.
데이지	어떻게 할 수가 없어요.
	(뒤다르는 문을 열고 달아난다. 급하게 계단을 내려가는 것이 보인다. 그를 뒤따르던 베랑제가 층계참에서

고함을 지른다.)

베랑제 뒤다르, 돌아와! 우린 자네를 좋아해. 가지 마!
아, 너무 늦었어! (베랑제가 돌아온다.) 너무 늦었
어!

데이지 어쩔 수 없었어요.
(그녀는 베랑제 뒤에서 문을 닫는다. 베랑제는 급히 무
대 앞 창문으로 달려간다.)

베랑제 뒤다르가 코뿔소 무리에 합류해 버렸어. 그가 어
디에 있지……?

데이지 (창가로 오면서) 코뿔소들과 함께.

베랑제 어떤 게 뒤다르일까?

데이지 모르겠어요. 더 이상 알아볼 수 없어요!

베랑제 모두 똑같아, 같은 모양을 하고 있어! (데이지에게)
그 친군 그래도 망설였어. 그를 억지로라도 붙잡
았어야 하는 건데.

데이지 감히 그럴 순 없었어요.

베랑제 좀 더 단호했어야 했어. 더 완강하게 붙들었어야
했다고. 그는 당신을 사랑했단 말이야, 안 그래요?

데이지 그가 공식적으로 사랑을 고백한 적은 없어요.

베랑제 하지만 그건 누구나 아는 사실이죠. 당신에게 버
림받았다고 생각해서 그렇게 행동한 겁니다. 부끄
러움을 잘 타는 친구였죠! 그 멋진 행동을 통해
당신을 감동시키려고 말이죠. 당신은 그를 따라
갈 생각이 없나요?

166

데이지   천만에요. 난 여기 있는걸요.

베랑제   (창밖을 보면서) 거리엔 온통 코뿔소들뿐이야. (무
대 안쪽 창문으로 급히 달려간다.) 오로지 코뿔소들
뿐이야! 데이지, 당신이 틀렸어요. (그는 다시 앞쪽
창을 내다보며) 눈을 씻고 봐도 사람은 하나도 없
어. 사방이 코뿔소들뿐이라고. 뿔이 하나인 것과
둘인 것이 반반이군. 그들 사이에는 아무런 구별
도 없어! (코뿔소들이 강하게 질주하는 소음이 들린
다. 이 소음은 음악적이다. 안쪽 벽에 양식화된 코뿔소
머리들이 나타났다 사라졌다 한다. 그 숫자는 막이 내
릴 때까지 증가할 것이다. 코뿔소 모습은 점점 긴 시간
동안 그곳에 머물 것이다. 마침내 벽면이 코뿔소 머리
들로 가득 채워진다. 이 머리들은 무서운 양상을 띠지
만, 점차 아름다운 느낌으로 변해 가야 한다.) 데이지,
실망하지 않았죠? 그렇죠? 조금도 후회하지 않는
거죠?

데이지   아! 물론, 물론이에요.

베랑제   당신의 마음을 달래 주고 싶어요. 데이지, 사랑해
요. 날 떠나지 말아요.

데이지   창문을 닫아요. 코뿔소들 소리가 너무 시끄러워
요. 먼지 좀 보세요. 온통 지저분해요.

베랑제   그래, 그래요, 당신 말이 옳아. (그는 무대 앞 창문
을 닫는다. 데이지는 안쪽 창문을 닫는다. 두 사람은
무대 중앙에서 만난다.) 우리가 함께 있는 한, 아무

것도 두렵지 않아. 아무래도 상관없어! 아! 데이지, 내가 여자를 사랑하게 되다니……!

(베랑제는 데이지의 손과 팔을 잡는다.)

데이지   봐요, 모든 게 가능하잖아요.

베랑제   당신을 행복하게 해 주고 싶어! 나와 함께 있을 수 있지?

데이지   물론! 당신이 행복하다면 나도 행복해요. 당신이 아무것도 무섭지 않다고 하니까 나도 전혀 무섭지 않아요! 우리에게는 아무 일도 일어나지 않겠죠?

베랑제   (말을 더듬으며) 내 사랑, 내 기쁨! 내 기쁨, 내 사랑……. 당신과 키스하고 싶어. 내가 이런 사랑을 할 수 있으리라곤 꿈에도 생각지 못했어!

데이지   진정해요. 지금은 좀 더 자신감이 필요해요.

베랑제   자신 있어. 입 맞추고 싶어.

데이지   난 너무 피곤해요. 좀 진정하고 휴식을 취하세요. 소파에 앉아요.

(베랑제는 데이지에 이끌려 소파에 가서 앉는다.)

베랑제   뒤다르와 보타르가 말다툼한 게 아무런 소용도 없게 됐군.

데이지   더 이상 뒤다르 얘기는 하지 마세요. 당신 곁에 내가 있잖아요. 다른 사람 삶에 개입할 자격이 없어요.

베랑제   당신은 내 인생에 참견하고 있잖아. 그것도 아주 강력하게……

데이지   그건 달라요. 난 뒤다르를 사랑한 적이 없거든요.

베랑제   나도 알아. 그 친구가 남아 있었다면, 우리 둘에게 방해가 됐을 거야. 행복은 이기적인 거니까.

데이지   스스로 행복을 지켜야죠. 그렇죠?

베랑제   사랑해, 데이지. 진실로 사랑해.

데이지   아마 날 좀 더 깊이 알게 되면, 그런 말 하지 않을 거예요.

베랑제   알면 알수록 사랑스러운걸. 당신은 너무 예쁘고, 사랑스러워. (코뿔소들이 지나가는 소리가 다시 들린다.) 특히 저 짐승들과 비교하면……. (손으로 창문을 가리킨다.) 단순한 칭찬이 아니라고. 저것들이 당신의 아름다움을 한층 돋보이게 하지…….

데이지   오늘은 현명하게 보냈죠? 술 마시지 않았죠?

베랑제   그럼, 물론. 현명하게 보냈다고.

데이지   정말이죠?

베랑제   그렇다니까. 확실해.

데이지   믿어도 되죠?

베랑제   (조금 당황하며) 아! 그렇다니까, 그래. 나를 믿으라고.

데이지   그럼, 조금 마셔도 되겠네요. 술이 당신의 원기를 북돋아 줄 테니까요. (베랑제는 안절부절못한다.) 그냥 앉아 있어요. 술병 어디 있죠?

베랑제   (그 장소를 가리키며) 저기, 작은 테이블 위에.

데이지	(작은 테이블로 가서 술잔과 술병을 든다.) 숨겨 두고 있었군요.
베랑제	응, 손에 쉽게 닿지 않는 곳에 두려고…….
데이지	(잔에 술을 따라 베랑제에게 권한다.) 정말 현명하시군요. 크게 발전했어요.
베랑제	당신과 함께라면 더욱 발전할 거야.
데이지	(술잔을 건네며) 자, 보답으로 주는 상이에요.
베랑제	(단숨에 마시며) 고마워.
	(다시 술잔을 내민다.)
데이지	아! 안 돼요. 오늘 오전은 그걸로 충분해요. (그녀는 베랑제의 술잔을 빼앗는다. 그리고 술병과 잔을 테이블로 가져간다.) 당신의 건강에 해가 되는 걸 원치 않아요. (그녀는 베랑제에게 다시 간다.) 근데 머리는, 머리는 어때요?
베랑제	많이 좋아졌어.
데이지	그럼 붕대를 풀어야겠어요. 불편할 거예요.
베랑제	아! 안 돼, 건드리지 마.
데이지	괜찮아요, 그것을 풀어요.
베랑제	붕대 밑에 무언가 있을 것 같아. 무서워.
데이지	(베랑제의 저항에도 무릅쓰고 붕대를 풀면서) 여전히 겁이 많군요. 그 어두운 생각들하고는……. 봐요, 아무것도 없잖아요? 이마가 매끈매끈해요.
베랑제	(이마를 만져 보며) 정말이야. 이젠 당신 덕분에 콤플렉스에서 해방됐어. (데이지는 베랑제의 이마에

키스한다.) 당신이 없었다면 난 어찌 됐을까?

데이지　　더 이상 당신을 혼자 두지 않겠어요.

베랑제　　당신과 함께라면 불안하지 않아.

데이지　　그 불안감은 얼마든지 물리칠 수 있어요.

베랑제　　우린 함께 독서를 할 것이고, 난 박식해질 거야.

데이지　　특히 혼잡한 시간을 피해 산책도 하고요.

베랑제　　물론, 센강 가와 뤽상부르 공원에도 가고…….

데이지　　동물원에도요.

베랑제　　난 강하고, 용감해질 거야. 모든 나쁜 무리들로부
　　　　　터 우릴 지키겠어.

데이지　　그럴 필요 없어요! 우린 다른 사람들을 해치지
　　　　　않을 텐데요, 뭐! 그들도 우릴 해치지 않겠죠.

베랑제　　본의 아니게 해를 입히거나 해를 당하는 경우도
　　　　　있어. 데이지, 당신도 기억하다시피 그 불쌍한 파
　　　　　피용 부장을 좋아하지 않았잖아. 하지만 뵈프가
　　　　　코뿔소로 변한 날, 부장의 손이 코뿔소처럼 거칠
　　　　　다고 노골적으로 말한 건 잘못이라고.

데이지　　그건 사실이었어요. 손바닥이 정말 꺼칠꺼칠했다
　　　　　니까요.

베랑제　　물론 그렇지. 하지만 그 사실을 좀 더 신중하고
　　　　　덜 가혹하게 말했어야 해. 부장이 꽤나 충격을 받
　　　　　았거든.

데이지　　그래요?

베랑제　　부장이 겉으로는 태연한 척했지. 자존심 때문에

말이야. 그러나 충격이 컸던 게 분명해. 그래서 그
역시 신속하게 결정해 버린 거야. 그렇지 않았으
면, 당신이 한 사람의 영혼을 구할 수도 있었는
데……!

데이지   설마 부장이 코뿔소로 변할 줄 누가 알았겠어요?
그는 정말 손버릇이 나빴다고요.

베랑제   나로선 장에게 좀 더 부드럽게 대해 주지 못한 게
후회스러워. 그에게 두터운 우정을 분명히 보여
줬어야 했어……. 우린 서로 이해심이 부족했어!

데이지   괴로워하지 마세요! 아무튼 당신은 최선을 다했
어요. 불가능한 일을 할 수는 없잖아요. 후회한들
무슨 소용이 있어요? 그러니 그들 생각은 더 이
상 하지 마세요. 잊어버려요. 나쁜 기억들은 무시
하라고요!

베랑제   아냐, 그 기억들이 자꾸 들리고, 보여. 그 모든 게
현실이니까.

데이지   당신이 그렇게 현실적인 줄 몰랐어요. 좀 더 시적
인 줄 알았는데……. 그럼 당신에겐 상상력이 없
나요? 현실이 얼마나 다양한가요……. 당신에게
어울리는 것만 선택하라고요. 상상의 세계로 도
피하는 거예요!

베랑제   말하기는 쉽지!

데이지   나 하나로 충분치 않아요?

베랑제   아, 아니. 당신만 있으면 충분해!

데이지　당신은 그 양심 때문에 모든 걸 다 잃을 셈인가
　　　　요! 아마 누구에게나 결점은 있을 거예요. 하지
　　　　만, 당신과 난 다른 이들보단 덜하다고요.

베랑제　정말 그렇게 생각해?

데이지　우린 비교적 대부분의 다른 사람들보단 나은 편
　　　　이죠. 둘 다 선하잖아요.

베랑제　사실 그래. 당신도 나도 착하지. 맞는 말이야.

데이지　그러니까 우린 살 권리가 있어요. 주위 상황에 아
　　　　랑곳하지 않고 우리대로 행복할 권리가 있다고
　　　　요. 죄의식은 위험한 징조예요. 순수성의 결핍을
　　　　나타내죠.

베랑제　아! 맞았어. 죄의식은 저렇게 될지 몰라……. (손
　　　　가락으로 코뿔소들이 지나가는 창문을 가리킨다. 무
　　　　대 안쪽 벽에 코뿔소 머리들이 나타난다.) 저들 중 많
　　　　은 사람들이 그렇게 시작했거든!

데이지　더 이상 죄의식을 느끼지 말아요.

베랑제　아, 내 사랑, 나의 연인, 나의 태양……. 정말 당신
　　　　말이 옳았어! 난 당신과 함께 있어, 그렇지? 누구
　　　　도 우릴 갈라놓을 수 없어. 우리의 사랑, 그것만
　　　　이 진실이야. 아무도 우리의 행복을 방해할 수 없
　　　　어. 또 그럴 권리도 없고, 그렇지? (전화벨이 울린
　　　　다.) 누구지? 누구의 전화일까?

데이지　(두려워하며) 전화받지 말아요……!

베랑제　왜?

데이지 모르겠어요. 안 받는 게 좋을 것 같아요.

베랑제 아마 파피용 부장이나 보타르, 아니면 장이나 뒤다르일 거야……. 혹시 자기들의 결정을 번복했다고 알리려는 게 아닐까? 당신도 그들이 일시적인 도취감에 빠진 거라고 했잖아!

데이지 그렇지 않아요. 그렇게 빨리 생각을 바꿀 순 없어요. 그럴 만한 여유도 없었고요. 그들은 자기들의 모험을 마지막까지 몰고 갈 거예요.

베랑제 혹시 시청에서 전화했나……? 우리에게 당국이 취한 조치에 협조하라고 말이야.

데이지 그럴 리 없어요.

(다시 전화벨이 울린다.)

베랑제 맞아, 그렇다니까. 전화벨이 계속 울리는 걸 보니 당국의 전화가 분명해! 받아 봐야겠어! 이젠 아무도 우리에게 전화할 사람이 없거든. (그는 수화기를 든다.) 여보세요? (수화기에서 대답 대신 코뿔소 울음소리가 들려온다.) 들었어? 코뿔소 울음소리들! 어서 들어 보라고!

(데이지는 수화기를 귀에 대 보고는, 뒤로 물러서며 급히 내려놓는다.)

데이지 (공포에 질린 채) 이럴 수가!

베랑제 지금 우릴 놀리고 있어!

데이지 기분 나쁜 장난이에요.

베랑제 그것 봐, 내가 말한 대로야!

데이지 당신은 아무 말도 안 했어요!

베랑제 그럴 줄 알았어. 예상했다고.

데이지 무엇을 예상했다는 거죠? 당신은 아무것도 예상 하지 않았어요. 이미 발생한 사태에 대해 말하는 건 예상이 아니라고요.

베랑제 오! 아니야. 예상하고 있었어!

데이지 그들은 친절하지 않아요. 나쁘다고요. 날 놀리는 건 참을 수 없어요.

베랑제 아무도 당신을 놀리지 않아. 그들이 놀리는 건 바 로 나야.

데이지 내가 당신과 함께 있으니까, 나 역시 놀림을 당하 는 셈이죠. 그들이 복수하나 봐요. 자기들에게 뭘 했다고? (다시 전화벨이 울린다.) 전화선을 끊어요.

베랑제 전화국에서 허용하지 않아!

데이지 아! 당신은 도대체 아무 일도 못 하는군요. 그러 면서 나를 지켜 주겠다니!

(데이지가 전화선을 제거한다. 벨이 멈춘다.)

베랑제 (급히 라디오 쪽으로 가며) 소식을 알기 위해 라디 오를 켜 봐야겠어!

데이지 그래요, 상황이 어찌 돌아가는지 알아야 해요! (라디오에서 코뿔소 울음소리들이 나온다. 베랑제가 거칠게 다이얼을 돌린다. 라디오가 꺼진다. 그렇지만 여전히 멀리서 코뿔소들의 메아리와 울음소리가 들려 온다.) 정말 심각하게 돌아가는군요! 싫어, 받아들일 수 없어요!

(그녀는 전율한다.)

베랑제 (매우 흥분하여) 진정해! 진정하라고!

데이지 라디오 방송국까지 점령하다니!

베랑제 (몹시 근심하며 흥분하여) 진정해! 진정해! 진정해!

(데이지는 무대 안쪽 창문으로 달려가서 바라본다. 또 무대 앞 창문으로 달려와 바라본다. 베랑제는 데이지와 반대 방향으로 똑같이 행동한다. 그러다 두 사람은 무대 중앙에서 만난다.)

데이지 정말 장난이 아녜요. 그 사람들은 신중하게 결정한 거였어요!

베랑제 이젠 오직 그들뿐이야. 오직 그들뿐이야. 당국도 그들 편에 가담했어.

(조금 전처럼 베랑제와 데이지는 양쪽 창문을 왔다 갔다 한다. 두 사람은 다시 무대 중앙에서 합류한다.)

데이지 이제 어디에도 사람이라곤 없어요.

베랑제 우리 둘뿐이야. 우리만 남았어.

데이지 바로 당신이 원하던 대로 됐어요.

베랑제 그걸 원한 건 당신이었어!

데이지 당신이에요.

베랑제 당신이야!

(사방에서 시끄러운 소리가 들려온다. 무대 안쪽 벽은 코뿔소 머리들로 채워진다. 집의 오른쪽과 왼쪽에서 급히 달리는 발소리들, 코뿔소들의 거친 숨소리가 들

린다. 하지만 이 모든 끔찍한 소리들은 음악적이고 리듬을 따른다. 그리고 특히 위층에서 코뿔소들이 짓밟는 소리가 강하게 울려 온다. 천장에서 석고 가루 같은 게 떨어진다. 집이 격렬하게 흔들린다.)

데이지 지진이 발생했어요!

(그녀는 어디로 향해야 할지 모른다.)

베랑제 아니야, 이건 우리 이웃의 코뿔소들 짓이야! (그는 왼쪽, 오른쪽, 사방으로 주먹질을 해 댄다.) 제발 그만해! 일하는 걸 방해하지 마! 소음은 금지야! 소음은 금지라고!

데이지 말을 듣지 않아요!

(그러나 소음이 약해지고, 일종의 배경 음이 되어 간간이 지속된다.)

베랑제 (그 자신도 공포에 떨며) 데이지, 무서워하지 마. 우린 함께 있어. 나와 함께 있는 게 싫어? 나 하나로 충분하지 않냐고? 난 당신의 모든 불안을 떨쳐 버릴 수 있어.

데이지 혹시 우리가 잘못하고 있는 건 아닐까요?

베랑제 그런 생각 하지 마. 후회 같은 건 소용없어. 죄의식은 위험해. 우리 식대로 살면 돼. 행복하게 말이야……. 우린 행복할 권리가 있어. 그들은 그렇게 악하지 않아. 우리도 그들에게 해를 끼치지 않으니, 우릴 가만히 내버려 두겠지. 진정하고, 휴식이나 취하자고. 소파로 가서 앉아. (베랑제는 그녀를 소파까지 인도한다.) 진정해! (데이지는 소파에 앉는다.) 코냑 한잔 마시겠어? 원기 회복을 위해서 말이야.

데이지   머리가 아파요.

베랑제   (그는 방금 전의 붕대를 데이지의 머리에 감는다.) 사랑해, 데이지! 걱정하지 마. 이건 일시적인 도취일 뿐야. 모두 거기서 벗어날 거라고.

데이지   그들은 벗어날 수 없어요. 최후의 결정이었다고요.

베랑제   사랑해, 데이지. 미치도록 사랑해.

데이지   (붕대를 제거하며) 어떤 일이 일어나더라도…… 당신은 어쩔 수 없지요.

베랑제   그들 모두 미쳤어. 세상이 병들었어. 그들은 모두 환자들이야.

데이지   우리가 그들을 치료할 순 없는 노릇이죠!

베랑제   그럼 그들과 어떻게 같은 아파트에서 살지?

데이지   (침착하게) 합리적으로 생각해야 해요. 적절한 방법을 찾아야죠. 그들과 서로 이해할 수 있도록 노력해야죠.

베랑제   그들은 우리 말을 알아듣지 못해.

데이지   그래도 그렇게 해야 해요. 다른 해결책이 없어요.

베랑제   그럼 당신은 그들을 이해해?

데이지   아직은 그렇지 않아요. 그러나 우리도 그들의 마음 상태를 이해하고, 그들의 언어를 배우도록 노력해야겠죠.

베랑제	그들은 언어가 없어! 들어 보라고……. 저 소릴 언어라고 부르는 거야?
데이지	그걸 어떻게 알아요? 여러 나라 말에 능통한 사람도 아니면서!
베랑제	그 얘긴 나중에 해. 우선 식사를 해야겠어.
데이지	난 이제 배가 안 고파요. 너무해요. 더 이상 견딜 수가 없다고요.
베랑제	아냐, 당신은 나보다 강해. 당신 스스로 마음이 동요하는 걸 허락하지 않을 거야. 여지껏 난 당신의 그 용감함을 칭찬한 거라고.
데이지	그 얘긴 이미 했어요.
베랑제	나의 사랑을 확신하지?
데이지	물론이죠.
베랑제	사랑해.
데이지	또, 그 소리.
베랑제	이봐, 데이지, 우린 무엇이든 할 수 있어. 아이를 낳을 수 있고, 그 아이들은 또 다른 아이들을 낳고…… 시간은 걸리겠지만 우리 둘이서 인류를 소생시킬 수 있을 거야.
데이지	인류를 소생시킨다고요?
베랑제	이미 있었던 일이야.
데이지	그 옛날…… 아담과 이브 말이죠……. 그들은 용기가 대단했어요.
베랑제	우리도 그런 용기를 가질 수 있어. 더구나 그렇게

많은 용기가 필요한 것도 아니야. 시간과 함께 인내만 있으면 모두 해결되지.

데이지   그게 무슨 소용이 있죠?

베랑제   아니, 아니야, 약간의 용기, 아주 약간의 용기만 있으면 돼.

데이지   난 아이를 원치 않아요. 귀찮아요.

베랑제   그럼 이 세상을 어떻게 구하려고?

데이지   세상을 왜 구해야 되죠?

베랑제   아니 무슨 그런 말을……! 나를 위해 그렇게 해야 해, 데이지. 세상을 구하자.

데이지   혹시 구조돼야 할 사람들은 우리가 아닐까요? 우리가 비정상일지도 모르잖아요?

베랑제   말도 안 돼. 데이지, 당신 열이 있군.

데이지   우리 인간과 다른 종이 있다는 걸 아세요?

베랑제   데이지, 당신의 그런 얘기 듣고 싶지 않아!

        (층계의 난간, 층계참의 문, 벽면 등에 코뿔소들의 머리가 나타난다. 데이지는 그 주변을 둘러본다.)

데이지   그래요, 그들이군요. 즐거운 모습이에요. 그들은 코뿔소 모양이 좋은가 봐요. 전혀 미친 자들처럼 보이지 않아요. 매우 자연스럽게 보여요. 그들이 옳았어요.

베랑제   (두 손을 잡고 절망적으로 데이지를 바라보며) 아니야, 데이지. 우리가 옳아. 날 믿어 줘.

데이지   자만심이 대단하군요……!

베랑제	내가 옳다는 것, 당신도 알지?
데이지	절대적으로 옳은 건 없어요. 옳은 건 바로 세상이죠. 당신도 나도 아니라고요.
베랑제	그렇지 않아, 데이지. 내가 옳아. 내 말을 당신이 이해하는 게 그 증거야.
데이지	그건 그 무엇의 증거도 되지 않아요.
베랑제	남자가 여자를 사랑할 수 있는 것만큼, 내가 당신을 사랑하는 게 그 증거야.
데이지	정말 우스운 주장이군요!
베랑제	난 당신을 더 이상 이해할 수 없어. 사랑하는 데이지, 당신 스스로 무슨 말을 하는지 모르고 있어! 사랑! 사랑, 자, 사랑…….
데이지	당신이 사랑이라고 부르는 것, 그 병적인 감정, 무기력함이 부끄럽군요. 여자의 무기력함도 마찬가지예요. 그건 우리 주위의 모든 존재들이 발산하는 놀라운 힘, 그 열정과 비교할 수도 없어요.
베랑제	힘이라고? 힘을 원하는 거야? 자, 여기 이 힘을 보라고!

(그는 데이지의 뺨을 때린다.)

| 데이지 | 아니! 이럴 수가……. |

(그녀는 소파에 쓰러진다.)

| 베랑제 | 아! 미안해, 데이지. 용서해 줘! (그는 데이지를 껴안으려고 한다. 데이지는 그를 뿌리친다.) 날, 용서해, 데이지. 그러고 싶지 않았어. 내가 왜 그랬는지 모 |

르겠어. 이렇게 화를 내다니!

데이지　더 이상 말로 설명할 수 없으니까 그런 거죠. 간 단해요.

베랑제　아니, 이럴 수가! 잠깐 동안에, 우린 이십오 년쯤 결혼 생활을 체험한 셈이 돼 버렸어.

데이지　당신 역시 불쌍해요. 난 당신을 이해해요.

베랑제　(데이지가 우는 동안) 좋아, 더 이상 논쟁해도 소용 없어. 당신은 그들이 나보다 강하다고 믿고 있어. 그들이 우리보다 강하다고 믿고 있다고!

데이지　그래요.

베랑제　좋아, 하지만 당신에게 맹세하겠어. 난 굴복하지 않을 거야. 결코 굴복하지 않겠어.

데이지　(일어나 베랑제에게 가서, 두 팔로 그의 목을 껴안는 다.) 가엾은 사람! 나도 당신과 함께 끝까지 저항 하겠어요.

베랑제　당신이 그럴 수 있어?

데이지　약속해요. 믿어 주세요. (멜로디처럼 울려 퍼지는 코 뿔소들의 울음소리) 그들이 노래하고 있어요, 듣고 있어요?

베랑제　노래하는 게 아니라 우는 거야!.

데이지　노래하는 거예요.

베랑제　우는 거라니까!

데이지　당신 미쳤군요. 그들은 노래하고 있다고요!

베랑제　당신 귀는 음악적이지 않아, 알겠어!

데이지	가엾은 사람! 음악을 전혀 모르는군요. 저길 봐요, 그들이 춤추면서 놀고 있잖아요.
베랑제	저걸 춤이라고 부르다니!
데이지	그들의 춤추는 방식이죠. 멋있어요.
베랑제	그들은 끔찍해!
데이지	난 나쁘게 말하고 싶지 않아요. 그건 마음 아픈 일이에요.
베랑제	미안해. 그들 때문에 싸우지 말자고.
데이지	그들은 신(神)이에요.
베랑제	데이지, 너무 과장하지 마! 그들을 잘 살펴봐!
데이지	베랑제, 질투하지 말아요. 날 용서해 줘요.
	(그녀는 다시 베랑제에게 다가가서 껴안으려고 한다. 이번엔 베랑제가 그녀를 뿌리친다.)
베랑제	우리의 생각이 완전히 다르다는 걸 확인했어. 더 이상 언쟁하지 않는 게 좋겠어.
데이지	제발, 천하게 굴지 말아요.
베랑제	바보 같은 소리 하지 마!
데이지	(등을 돌리고 있는 베랑제에게. 베랑제는 거울을 바라본다. 거울 속의 자기 모습을 뚫어지게 바라본다.) 우리의 공동생활은 이제 불가능해요.
	(베랑제가 계속 거울을 쳐다보는 동안, 데이지는 "그는 친절하지 않아. 정말 친절하지 않아."라고 말하면서 문 쪽으로 간다. 그녀는 밖으로 나간다. 그녀가 계단에서 천천히 내려오는 모습이 보인다.)

베랑제 (계속 거울을 바라보며) 어쨌든 인간은 그렇게 보기 흉하진 않아! 그렇다고 내가 저 아름다운 무리들 속에 끼어 있는 것도 아냐! 데이지, 날 믿어 줘! (그는 돌아본다.) 데이지! 데이지! 어디 있어, 데이지! 당신까지 가면 안 돼! (급히 문으로 달려간다.) 데이지! (층계참으로 가서, 난간에 기대어) 데이지! 어서 돌아와! 돌아와, 나의 귀여운 데이지! 점심도 안 먹었잖아! 데이지, 날 혼자 두지 마! 약속했잖아! 데이지! 데이지! (그는 그녀를 부르는 걸 포기하고, 절망한 채 방으로 돌아온다.) 우리는 서로를 이해할 수 없는 게 분명해. 가정불화와도 같은 것이지. 더 이상 가능성이 없어. 그렇다고 아무런 설명도 없이 이렇게 날 떠나다니! (그는 사방을 둘러본다.) 한마디 말도 남기지 않고 가 버렸어. 그럴 수 없어. 난, 지금 완전히 혼자야. (그는 조심스럽게, 그러나 화난 모습으로 문을 잠근다.) 누구도 날 데려갈 수 없어. (그는 조심스럽게 창문을 닫는다.) 너희들은 날 데려갈 수 없다고. (그는 코뿔소들의 머리를 향해 말한다.) 결코 너희들을 따라가지 않겠어, 너희들을 이해할 수 없어! 난 내 모습으로 남겠어. 난, 인간이야. 인간이라고! (그는 소파에 앉는다.) 이 상태로 계속 있을 순 없지. 데이지가 떠난 건 아무래도 내 잘못이야. 그녀에겐 내가 전부였는데……. 그녀가 어떻게 될까? 마음에 걸리는 사람이 하나 더 생겼군. 그래, 최악의 상황을 상상할 수 있어, 최악의 상황도 가능해. 괴물들의 세상에 버려진 불쌍한 아이 같으니! 아무도 그녀를 찾는 건 도와줄 수 없겠지, 아무도……. 이제 남아 있는 사람이 없으니까! (다시 코뿔소들 울음소리와 거칠게 질주하는 소리가 들리고, 구름처럼 먼지가 인다.) 저 소리 듣고 싶지 않아. 솜으로 귀를 막아야겠어! (그는 양쪽 귀를 솜으로 막는다. 그리고 거울 속을 보며 자신에게 말한다.) 그들을 설득할 뾰족한 방법이 없을까? 변신이 원 상태로 회복될 수 있을까? 글쎄, 회복될 수 있을까? 그건 내 능력 저편의 헤라클레스에게나 가능하겠지! 우선, 그들을 설득하려면 대화를 해야 해. 그리고 대화를 하려면, 그들의 말을 배워야겠지. 아니면, 그들이 나의 말을 배워야겠지. 내가 쓰는 말은 무슨 말이지? 나의 언어는 무엇이지? 프랑스 말인가? 꼭 프랑스 말이라야 하나? 그럼 프랑스 말은 뭐지? 그들이 원한다면 프랑스 말이라고 불러도 상관없어. 아무도 그걸 반대하지 않을 테니까. 이 말을 쓰는 사람은 나 하나뿐이야. 내가 무슨 말을 하는 거지? 내가 내 말을 이해하나? 나 자신을 이해하고 있는 걸까? (그는 방 한가운데로 간다.) 데이지의 말처럼 그들이 옳은 건 아닐까? (그는 다시 거울로 가서 들여다본다.) 인간은 추하지 않아, 인간은 추하지 않아! (그는 손으로 얼굴을 문지르며 자신의 모습을 바라본다.) 정말 이상한 일이야! 내가 뭘 닮았지? 무엇을? (그는 갑자기 벽장으로 간다. 거기서 사진을 꺼내 들여다본다.) 사진들! 이 모든 사람들은 누구지? 파피용 부장, 아니면 데이지인가? 그럼 이 사람은 보타르인가 뒤다르인가, 아니면 장인가? 혹시 내가 아닐까! (그는 또다시 벽장으로 간다. 거기서 두세 장의 그림을 꺼낸다.) 그래, 나를 알아볼 수 있어. 이게 나야. 나라고! (그는 그림들을 안쪽 벽면 코뿔소 머리들 옆에 건다.) 이게 바로 나야, 바로 나야. (그가 그림들을 걸자 그림들 속에 노인과 뚱뚱한 여자와 또 다른 남자가 있다. 이 초상화들은 매우 아름다운 모습을 띠고 있는 코뿔소 머리들에 비해 추하게 보인다. 베랑제는 그림들을 바라보기 위해 뒤로 물러난다.) 내 모습은 아름답지 않아! 아름답지 않아! (그는 그림들을 떼어, 화를 내며 방바닥에 팽개친다. 그리고 거울로 간다.) 아름다운 건 그들이야. 내 생각이 틀렸어! 아! 나도 그들처럼 되고 싶어! 불행하게도 내겐 뿔이 없구나! 이 반들반들한 이마, 얼마나 추한 모습인가! 이 축 늘어진 얼굴을 돋보이도록 한두 개의 뿔이 필요해! 아마 뿔이 돋아나겠지! 그럼 창피하지 않을 거야. 그들도 다시 만날 수 있고……. 그런데 왜 뿔이 나지 않는 걸까? (그는 손바닥을 들여다본다.) 나의 손바닥은 너무 매끄러워. 손도 꺼칠꺼칠하게 변할까? (그는 저고리를 벗고 속옷을 펼친다. 그리고 거울에 비친 자기 가슴을 본다.) 피부가 너무 부드러워. 아, 이렇게 하얗고 잔털투성이의 몸뚱어리라니! 나도 그들처럼 딱딱하고 멋진 검푸른 색의 피부를 가질 수 있다면! 잔털 없고 품위 있는 맨살이라면! (그는 코뿔소 울음소리에 귀를 기울인다.) 그들의 노래는 얼마나 멋진가! 좀 거칠지만 확실히 매력 있어! 그들처럼 할 수만 있다면! (그는 코뿔소를 모방하려고 애쓴다.) 아, 아, 브르르! 아니야, 이게 아니야! 다시 한번 해 보자! 좀 더 강하게! 아, 아, 브르르! 아니야, 아니야, 이게 아니야. 너무 약해! 이렇게 힘이 없어서야! 코뿔소 울음에 도달할 수가 없지. 그저 큰 소리로 외치고 있을 뿐이야. 아, 아, 브르르! 고함은 코뿔소 울음과는 달라! 아무래도 양심에 걸리는걸. 그들을 따라갈걸 그랬어! 지금은 너무 늦었어! 저런, 내가 괴물이라니, 내가 괴물이라니! 원통해, 코뿔소로 변할 수 없다니, 결코, 결코……! 난 변할 수가 없어. 하지만, 코뿔소가 되길 원해! 기꺼이 원하지만, 그럴 수가 없어. 부끄러워서 내 모습을 더 이상 볼 수 없어! (그는 거울을 등진다.) 내 모습은 얼마나 추한가! 원래의 자기 모습을 지키려는 사람은 얼마나 불행한가! (그는 갑자기 펄쩍 뛴다.) 아냐, 그럴 순 없어! 난 그들에 맞서 나 자신을 방어할 거야! 내 총, 총이 어디 있지! (그는 코뿔소 머리들이 고정되어 있는 무대 안쪽을 향해 돌아서서 외친다.) 이 세상의 모든 것에 맞서서 나를 방어하겠어! 난 최후의 인간으로 남을 거야. 난 끝까지 인간으로 남겠어! 항복하지 않겠어!

— 막 —

'코뿔소 병' 혹은 광기의 이데올로기

『코뿔소』는 작가 이오네스코의 개인적 경험에 바탕을 두고 있다. 그 경험은 존재론적인 것이 아니라 역사적이며 현실적인 것이다. 즉 작가는 인간성을 위협했던 잔혹한 전쟁과 나치즘의 광기를 직접 체험했다. 이 작품은 나치와 같은 파시즘을 풍자하고 있으며, 그와 흡사한 독재 권력의 이데올로기에 저항하며 번민하는 인간의 드라마다. 우리는 이 작품에서 실존적 상황에 고뇌하는 고독한 존재, 그러나 매우 동시대적인 캐릭터의 한 인간을 만날 것이다.

외젠 이오네스코는 1909년 루마니아 슬라티나에서 루마니아인 아버지와 프랑스인 어머니 사이에서 태어났다. 그가 태어난 뒤에 가족은 곧 프랑스 파리로 이주했다. 작가는 어린 시절의 대부분을 프랑스에서 보냈으며, 자연스럽게 프랑스어는 그의 모국어가 되었다. 나중에 아버지의 나라 루마니아에서 중등학교를 다니며 루마니아어를 습득, 부쿠레슈티대학교에서 프랑스 문학을 전공했다. 그의 청년기는 한편으로는 문학에 대한 열정으로 뜨거웠으며, 다른 한편으로는 나치 침입으로 고통받던 조국의 상황 때문에 정신적, 물질적으로 괴로웠다. 루마니아는 1933년 이후 온통 파시즘의 물결로 뒤덮였다. 청년 이오네스코는 나치 이데올로기에 협력하는 아버지, 그리고 동료들과 불화를 겪다가 끝내 어머니의 나라 프랑스로 귀화한다. 나치에 대한 이오네스코의 저항, 혐오, 의혹, 상처 등은 마음속 깊이 각인된 채, 잠재적 고뇌의 형태로 머물렀다가 그가 극작가로 데뷔한 지 팔 년이 지난 1957년, 「코뿔소」라는 작품으로 상상력을 관통한다. 그는 평소 친분이 있던 연출가 준비에브 세로(Geneviève Serreau)의 요청으로 짧은 단편 소설 「코뿔소」를 문예지 《새로운 문학(Lettres Nouvelles)》에 발표했다. 그 후 두 달쯤 지나서 이 소설을 3막의 희곡으로 각색해 비외콜롱비에 극장에서 독회했다. 즉 읽히기 위해 쓰인 산문 텍스트를 대중 앞에서 공연하기 위해 변형하는 작업을 시도한 것이다. 그래서 애당초 짧은 이야기 형식의 산문이었던 『코뿔소』는 다양한 연극적 상상력이 덧씌워져 극 텍스트로 탈바꿈하게 되었다.

『코뿔소』는 여러 가지 면에서 작가의 앞선 작품과 다르다. 제목부터 생경한 느낌이 드는 것을 비롯해 희곡의 구성이나 플롯, 등장인물, 언어 등도 초창기 반연극적 특성을 뛰어넘는다. 한마디로 연극성의 풍성함을 지니고 있다. 또한 이오네스코에게 세계적인 극작가로서의 명성과 상업적인 대성공을 가져다주었고, 작가의 조국인 프랑스(1960년 2월 22일 오데옹 극장)에서보다 나치의 원천지인 독일 뒤셀도르프(1959년 11월 6일 샤우슈필하우스)에서 먼저 선보였다는 점도 아이로니컬하다.

우선 '코뿔소'라는 제목을 살펴보자. 전통적으로 연극은 인간의 삶이나 운명에 관한 이야기를 취급해 왔다. 실제로 무대 위의 연기자도 현실 속 실재하는 인간인 경우가 대부분이다. 그래서 고대로부터 잘 알려진 극작품들은 대개 주인공의 이름을 제목으로 차용했다. 극의 중요한 순간들도 주인공의 운명과 직접 관련을 맺는 것이 일반적이다. 이를테면 소포클레스의 『안티고네』와 『오이디푸스 왕』은 물론이고 몰리에르의 『타르튀프』와 『동 쥐앙』, 라신의 『페드르』, 『앙드로마크』, 셰익스피어의 『햄릿』이나 『맥베스』 등이 등장인물의 이름에서 제목을 따온 경우다. 이러한 극작품들의 경우, 드라마의 전개는 당연히 주인공을 중심으로 이루어지며, 주인공의 운명, 사랑, 고뇌와 죽음 등이 쟁점이 되어 심오한 갈등을 유발한다. 작품의 의미나 행동, 주제를 반영한 제목이 사용되기도 했는데 알프레드 드 뮈세의 『사랑을 장난으로 하지 마세요』, 유진 오닐의 『느릅나무 밑의 욕망』, 피에르 마리보의 『사랑과 우연의 장난』 등이 그렇다. 그러나 '코뿔소'라는 제목은 그 자체로 연극의 주체와 대상이 무엇인지 모호한 느낌을 주며, 제목 속에 아무런 참조 사항도 들어 있지 않다. 우리가 알 수 있는 사실은 코뿔소가 야수이며, 그 이미지는 덩치가 큰 후피 동물이라는 점뿐이다. 실제로 이 동물은 코끼리처럼 몸집이 크며, 희곡 속 인물들 사이에 말다툼을 유발했던 것처럼 인도코뿔소는 뿔이 하나고 그 밖의 다른 지방 것은 뿔이 두 개로 알려져 있다. 특성은 아둔하고 때로 사나우며, 통상 무리를 지어 하천이나 벌판을 질주하는 군거 생활을 한다. 그래서 이러한 코뿔소의 이미지에 대해 예민한 독자라면 '코뿔소'라는 제목이 비인간적인 난폭성이나 어떤 풍자적인 행동의 징후를 상징하지 않을까 예측하게 된다.

『코뿔소』는 일종의 풍자극이다. 비극성의 주조가 저변에 깔려 있는 코뿔소 인간, 사납고 그로테스크한 동물의 형상을 한 인간들, 그러한 성격을 띤 인간들의 운명에 관한 이야기다. 마치 고대 신화에 등장하는 괴물들, 미노타우로스, 스핑크스, 넵투누스처럼 짐승의 모습으로 변신하는 코뿔소 인간의 드라마인 것이다. 하지만 고대 신화와 달리 『코뿔소』의 비극성은 인간과 신의 관계를 통해 구현되지 않는다. 그것은 인간이 외적 상황이나 삶의 조건에 따라 인간성을 상실함으로써 동물로 타락하는 과정, 즉 극한 상황에 직면한 인간들의 내부에서 발생하는 갈등을 통해 드러난다. 여기서 외적 상황이란 이성을 짓누르는 폭력, 개인의 자유를 억압하는 온갖 제도와 권력, 광신적 이데올로기를 일컫는다. 어떤 사상이나 이념이 인간 사회를 팬데믹 상황으로 몰고 가는 것은 바로 이런 것들일 것이다.

이오네스코는 '코뿔소'라는 제목에 관해 언급하면서 이 동물의 성향이 공격성과 복종성을 동시에 지니고 있음을 강조했다. 여기에 집단성이라는 특질을 첨가할 수 있다. 폭력의 힘이 무서운 것은 그 집단적 성격 때문이다. 앞서 언급했듯이 작가의 청년 시절은 유럽이 전쟁의 소용돌이에 휩싸인 때였다. 그는 대부분의 시간을 정신적으로 불안정하게 보냈다. 이런 상황은 적잖은 지식인들을 코뿔소로 상징되는 어떤 힘의 이데올로기에 마취되도록 이끌었다. 작가의 동료들조차 이데올로기의 공격성과 전염성, 집단성에 무기력하게 방조하거나 참여하는 태도를 취함으로써 자신들의 순수한 정신을 포기했던 것이다. 결국 이 작품은 바로 그러한 비인간적 폭력에 별 저항없이 추종하여 집단의 익명에 가담하는 비인간성 혹은 그에 동참하여 스스로 그 세계에 안주하는 나약하거나 비굴한 인간들을 고발한다.

희곡의 줄거리는 주요 인물들이 코뿔소로 변신하는 과정으로 요약된다. 거기에서 각자의 성격과 정신 상태, 세계관 등이 명확히 드러난다. 변신은 심리적 변화를 통해서뿐 아니라 겉모습의 변신을 통해 구체적으로 형상화된다. 특히 희곡의 2막 2장은 장이 코뿔소로 변신하는 단계를 적나라하게 보여 준다. 다른 인물들도 그와 유사한 변신의 과정을 거쳐 코뿔소로 변했음을 암시한다. 막이 오르면 무대는 어느 시골의 일상적이며 평화로운 삶의 정경을 보여 준다. 그러나 이 분위기는 있음

직하지 않은 사건, 즉 코뿔소의 출현으로 불현듯 파괴된다. 문제는 이 운명적 사건을 보는 인물들의 시각이나 태도다. 그것은 '코뿔소 사건'에 대한 입장을 통해 특화되는데 그들의 언행은 극의 진행과 함께 다양하게 진화한다.

베랑제는 처음부터 몽유병 환자처럼 무기력한 모습으로 등장한다. 삶에 지친 기색이 역력하다. 옷차림은 흐트러지고 얼굴은 간밤에 마신 술 때문에 불그스레하다. 마치 술을 마시지 않고는 견딜 수 없는 사람처럼 보인다. 알코올은 그에게 삶의 의지와 용기를 북돋우는 묘약이다. 그런 그에게 유일한 삶의 의지는 데이지란 아가씨에 대한 사랑이다. 그러나 수줍음 때문에 사랑을 고백하지는 못한다. 심지어 그는 코뿔소의 출현보다 카페에 데이지가 불쑥 나타난 것을 보고 어쩔 줄을 모른다. 베랑제는 데이지를 보자 탁자 밑으로 숨는다. 그는 병적일 정도로 소심하다. 코뿔소의 난입에 대해 그가 다른 사람들과 달리 무관심한 것은 무엇을 의미하는가? 이미 코뿔소의 존재를 파악하고 패배주의자가 된 것일까? 그렇게 볼 수도 있다. 처음부터 그의 태도나 몸가짐을 통해 충분히 그렇게 예상할 수 있다. 그러나 이 점에 대한 반론도 만만치 않다. 왜냐하면 작가가 베랑제에게 상황에 거역하는 임무, 즉 지속적으로 심적 변화를 겪으면서도 끝내 코뿔소에 저항하게 하는 임무를 맡겼기 때문이다. 그는 연극의 끝에서 코뿔소에 맞서는 최후의 인간으로 남는다. 비록 유약한 존재로서 힘겨운 싸움이지만 항복하지 않고 휴머니즘의 편에 선 것이다. 여기서 인간성의 승리에 대한 희망을 엿볼 수 있다.

그렇다면 장은 누구인가. 장은 베랑제의 친구지만 본질적으로 다르다. 마치 그는 처음부터 코뿔소로 변신할 운명인 듯 보인다. 말쑥한 옷차림, 붉은 넥타이, 번들번들 잘 닦은 구두를 신고 있다. 그의 언행은 투박하며 시비조다. 성품은 관대하지 못하고, 태도는 거부감을 줄 정도로 딱딱하다. 그는 베랑제를 친구로서 부끄럽게 생각한다. 베랑제가 삶의 불안과 괴로움을 잊기 위해 술 마시는 것을 보고 "알코올 중독자", "술주정뱅이의 우울증"이라고 비난한다. 그의 언어는 거칠고 공격적이다. 생각은 극단적으로 모순적이며, 상대방이 자기 의견에 동조하지 않으면 거침없이 모욕하는 말을 내뱉는다. 그러나 그는 그런 존재 방식에 익숙해져 있다. 희곡에서 가장 연극적인 장면은 장이 코뿔소로 변신하는 과정일 것이다. 점점 거칠어지는 목소리, 이마에 돋아나기 시작하는 뿔, 검푸르게 변하는 피부, 야수 같은 동작 등은 시각적인 이미지와 함께 역동적이다. 그는 코뿔소의 세계에 입문하기에 앞서 이미 독단에 가까운 고정관념에 빠져 있었다. 가령 현실에 적응하는 방법으로 "동시대 문학과 문화적 사건들에 정통한 것"이 중요하며, 박물관에 가거나 강연회에 참석하기만 하면 된다고 믿는다. 그러면 고뇌에서 벗어날 수 있으며, 누구든지 문화인 또는 지성인이 되어 두려움도 불안도 떨쳐 버릴 수 있다고 주장한다. 즉 동시대적 흐름에 쉽게 추종함으로써 어떤 외적 변화나 유행에도 낙오되지 않고 살아남을 수 있다는 것이다. 그의 존재 방식대로라면 불의와 폭력, 광적 이데올로기가 난무해도 그에 합류함으로써 어렵지 않게 안주할 수 있을 것이다.

보타르는 퇴임한 교사로 전형적인 보수주의의 대변자다. 처음엔 코뿔소의 출현을 믿지 않다가 그것이 사실로 밝혀지자 제일 먼저 코뿔소의 존재를 인정하고 그에 편승한다. 그는 자신의 정신만이 합리적이라며 대단한 자부심에 빠져 있다. 인종 차별주의를 공격하거나 교회나 학교, 언론 등을 비판하기도 한다. 그는 언제나 "과학적으로 증명된 것, 명확한 것"만을 신뢰하는 실증주의자다. 따라서 보타르는 다른 사람들의 주장을 "군중 심리" 혹은 환상으로 치부하며 무시한다. 그의 정신은 지성인에 가까우며 화이트칼라를 대표한다. 그의 명쾌한 논리는 코뿔소의 출현을 직접 확인하면서 바로 돌변한다. 태도는 횡설수설하는 말과 함께 일관성을 상실한다. 마치 사이비 언론이 진실을 은폐하거나 왜곡할 때 사용하는 수법 같다. 그는 누구보다 먼저 현실을 인정하고 세상이 바뀌어야 한다고 역설한다. 그의 주장과 발언은 언제나 시류에 편승하며 오직 유리한 쪽을 따라간다.

뒤다르는 법학을 전공한 젊은 엘리트다. 보타르와 달리 비교적 신중하고 위엄을 견지한다. 베랑제와 생각이 거의 비슷하지만, 모두 코뿔소로 변신하고 베랑제마저 알 수 없는 유행병에 걸린 듯 보이자 태도를 바꾼다. 자신이 어느 부분에서는 베랑제와 다르다는 사실을 발견한 것이다. 뒤다르는 베랑제의 문제의식을 애써 외면한다. 그는 코뿔소 현상을 있는 그대로 보라고 제안한다. 베랑제의 불안을 오히려 의아하게 생각한다. 그는 사건을 설명하면서 그 심각성을 축소한다. 기회주의 지식인의 전형적인 태도라고 할 수 있다. 작가는 뒤다르의 이러한 측면을 풍자함으로써 나약한 지성인의 태도를 통렬하게 비판하고 있다. 즉 뒤다르는 중립을 지키며 언제나 검토와 유보의 자세로 안전한 거리에서 사태의 추이를 지켜본다. 즉 코뿔소를 그냥 조용히 내버려 둘 것을 권유하는 것이다. 그리고 당국의 일이니 당국에 맡겨 두는 것이 현명한 처신이라고 말한다. 지식인의 우유부단함과 비겁함을 드러내는 것이다. 그는 은밀하게 저의를 품고 있으며, 스스로는 물론 타인들도 기만한다. 처음부터 자신에게 유리한 입장을 추구하고 있었으며 정상(인간)과 비정상(코뿔소)의 경계는 불확실하다는 가치 판단을 하고 있다. 결국 뒤다르와 베랑제의 우정은 뒤다르가 코뿔소 무리에 합류함으로써 끝난다. 뒤다르의 변신은 매우 심각하다. 곧 베랑제에게 영향을 미칠 것이기 때문이다. 그는 누구보다도 교육을 잘 받았으며, 베랑제가 가장 신뢰하는 인물이었다. 뒤다르는 침착하고, 지식과 교양을 겸비한 지성인이었기에 누구나 그가 코뿔소에 맞설 준비를 하고 있다고 믿었다. 하지만 그의 냉정함과 현실 도피는 기대를 저버렸다. 그는 회의주의에 빠져 모든 것을 잃는다. "모든 게 논리적이지. 이해하는 것, 그건 정당화하는 것이지."이라는 납득하기 어려운 주장을 남기고 떠난다. 모든 것이 논리적이란 주장은 목적이 수단을 정당화할 수 있음을 의미한다. 그것은 파시스트나 그 아류들이 즐겨 사용하는 논법이다.

같은 직장에 근무하는 데이지는 베랑제의 연인이다. 그녀는 상냥하며 뒤다르의 친구이기도 하다. 뒤다르가 코뿔소의 세계로 떠난 후 베랑제와 단둘이 남는다. 그녀는 베랑제가 코뿔소 유행병 증상을 보이자 휴식을 취하도록 권한다. 그녀는 때로 간호사처럼 그를 보살펴 주고, 때로 어린아이처럼 말하기도 한다. 그녀는 베랑제와 함께 살 것도 고려했다. 그러나 그녀 역시 코뿔소에 저항하기에는 너무 약한 존재다. 베랑제가 그녀에게 진정으로 사랑을 고백해도 믿을 수 없다는 듯 빈정댄다. 심지어 베랑제의 표현 속에 들어 있는 사랑이라는 말에 부끄럽다고 응수하며, 사랑을 "병적인 감정"이라고 말하기까지 한다. 연인 사이의 불화는 곧 진정한 사랑의 부재를 말하며, 사랑도 조건에 의해 쉽사리 붕괴됨을 보여 주는 것이다. 베랑제가 온통 코뿔소들만 들끓는 세계에서 사랑을 약속하며 새로운 인간, 즉 자신들의 아기를 낳을 것을 제안하자, 데이지는 아기를 낳고 싶지 않다며, 심지어 그것은 귀찮은 일이라고 타박한다. 데이지도 점점 코뿔소의 언어에 동화되어 가는 것이다. "그래요, 그들이군요. 즐거운 모습이에요. 코뿔소 모양이 좋은가 봐요. 전혀 미친 자들처럼 보이지 않아요. 매우 자연스럽게 보여요. 그들이 옳았어요." 현실의 악 앞에서 사랑도 우정도 너무 무기력하다. 정의감도 의리도 지성도, 만연하는 코뿔소 바이러스에는 아무런 효력을 발휘하지 못한다. 데이지는 코뿔소의 심리학과 언어를 배우지 않은 것을 후회하며 베랑제 곁을 떠난다.

지금까지 살펴보았듯이 이 작품의 주요 인물들은 하나둘씩 코뿔소로 변해 간다. 왜 사람들은 코뿔소로 변하는 것일까. 작품에서는 변신의 이유가 명확히 드러나지 않는다. 작가는 이렇게 변신의 이유를 모르는 인간을 조롱한다. 그리고 끝까지 변신하지 않는 베랑제를 통해 저항의 정신을 보여 준다. 육중하고 그로테스크한 코뿔소의 모습은 인간의 심성이 파괴된 흉하고 우스꽝스러운 이미지를 함축하고 있지만, 그 이면에는 비극적 상황이 있다. 이러한 비극적 현실에서 개인이 느끼는 단절감은 그를 둘러싼 세계와 진정한 의사소통을 이루지 못하는 데서 비롯한다. 이는 사회에 속한 개인 간의 소통은 물론 개인과 사회, 개인과 이데올로기 등 사회 내에 존재하는 모든 소통을 포함한다. 이오네스코는 이렇게 말한다. "코뿔소는 코뿔소의 윤리, 코뿔소의 철학, 코뿔소의 세계를 가지고 있다. 도시의 새로운 지배자가 당신과 같은 언어를 사용한다고 해도, 그가 하는 말은 같은 언어가 아니다. 그의 말은 다른 의미를 지닌다. 어떻게 서로 이해할 수 있단 말인가?"

이 작품의 의미를 간략히 살펴보자.

우선 이 작품은 역사적 의미를 띠고 있다. 20세기 인류를 위협했던 정치적, 종교적 광신주의인 나치즘에 대한 비판인 것이다. 이오네스코는 "희곡의 이야기는 자연스럽게 어떤 집단의 정신적 변질에 동참하도록 하는 전염병에 알레르기 반응을 보이는 사람의 정신적 혼란과, 한 나라의 나치화 과정"을 보여 준다고 말했다. 여기에서 전염병이란 당연히 코뿔소 유행병을 말하며 그것은 곧 나치즘과 같은 파시즘을 상징한다. 이 바이러스에 감염된 사람들은 하나같이 그에 동조하거나 심지어는 그것을 찬양, 고무하며 세력의 확장을 위해 수단 방법을 가리지 않는다. 데이지의 감동적인 찬양, 보타르와 뒤다르의 무기력한 동조, 베랑제의 혼란에 빠진 모습, 장의 우월한 인간에 대한 역설 등이 그 사실을 증명한다.

그러나 『코뿔소』는 역사성을 초월하는 의미도 갖는다. 코뿔소 바이러스는 단순히 나치즘만을 가리키지 않는다. 작가는 여기서 집단 히스테리의 근간이 되는 이데올로기의 공격성을 풍자한다. 이데올로기란 특정한 계급의 이익을 표현하며 또 그에 상응하는 행동이나 규범, 가치관을 포괄하는 사회, 정치, 경제, 철학적 견해의 체계를 일컫는다. 그래서 이데올로기와 그것을 추구하는 사람 사이에는 특별하고 구체적인 선택의 동기와 이해관계가 개입하게 된다. 작가에 의해 "괴상한 병"으로 불리는 이데올로기라는 세균은 매우 신속하게 전파되며, 일단 감염되면 누구든 맹목적으로 숭배하게 된다. 그 이데올로기로 말미암아 "기계적인 사고 체계가 정신과 현실 사이에서 마치 스크린처럼 높이 오르고, 판단력을 흐리게 하며 눈을 멀게 한다." 따라서 『코뿔소』에서처럼 이데올로기는 인간을 비인간적으로 만들며, 인간들 사이의 세계관을 차별화함으로써 우정이나 사랑도 파괴한다. 이 작품에서도 코뿔소 인간과 보통 인간은 근본적으로 다르다. 삶을 바라보는 시선과 관점이 다르다. 그 둘은 양립할 수 없다. 코뿔소는 언제나 힘을 앞세우며 자신의 논리와 사고, 당파성에 동조하지 않으면 상대를 적으로 간주한다. 따라서 진실한 인간이라면 그와의 공존이 불가능하다. 여기서 코뿔소 이데올로기는 적을 동조자로 만들거나 몰아내는 것을 목표로 하기 때문에 코뿔소보다 약한 인간은 언제나 자신의 자유로운 삶을 위협받는다.

이 작품은 전반적으로 어둡고 절망적이다. 이러한 인상은 작가가 인간의 행위에 그로테스크한 측면만큼 비극적인 차원을 부여한 데 근거한다. 작가는 코뿔소로 변신한 인간들, 혹은 역사의 운명 앞에서 공포에 떠는 개인의 모습을 보여 줌으로써 개인주의와 전체주의의 갈등을 제시한다. 그러나 우리는 그 이상으로 거대한 세계 앞에서 무기력하고 고독한 한 인간의 실존적 조건을 만난다. 그는 동료, 친구, 애인으로부터 봉쇄되어 있다. 베랑제를 짓누르는 고독감은 그의 용기와 인간성을 옹호하는 굳은 신념을 회의하게 한다. 그는 이성을 상실한 듯 끝까지 인간으로 남은 자신의 모습을 오히려 '아름다운 코뿔소들'과 유리된 추한 모습으로 간주하기도 한다. 홀로 남은 자기가 오히려 추하고 비정상적인 존재라고 느끼는 것이다. 결국, 베랑제는 두려움과 회한에 사로잡혀 절규한다. 이 작품이 우리를 허무주의적 절망감으로 인도하는 이유가 여기에 있다. 역사는 이데올로기 앞에서 처참히 쓰러진 나약한 지성의 모습을 증언하고 있으며, 폭력과 위력, 거대 이데올로기의 승리로 장식되어 있다. 전체주의 성향의 동물적인 힘은 결코 사라지지 않을 것이다. 이 대열에서 낙오하는 자는 죽음이나 고독을 각오해야 한다. 코뿔소의 출현이 놀라움과 공포의 분위기를 던져 주었던 것은 한순간에 불과하다. 코뿔소에 의해 짓밟혀 죽은 고양이에 대한 분노와 몰이해는 일상적 삶 속으로 함몰되고, 합리화될 것이며 오히려 당연한 일로 간주될지 모른다.

그럼에도 우리가 이 작품에서 실오라기 같은 희망을 기대하는 것은 작가가 베랑제를 마지막 남은 유일한 인간으로 그렸기 때문이다. 직관적, 본능적으로 자연스럽게 상황 논리에 대한 거부감이 솟아난다. 그의 마지막 한마디 "난 최후의 인간으로 남을 거야. 난 끝까지 인간으로 남겠어! 항복하지 않겠어!"라는 외침은 연약하고 무능하지만 인간의 편에서 휴머니즘을 지키겠다는 베랑제의 강고한 의지를 표현한다. 이 점은 다행스럽게도 인간성 옹호를 견지하게 하는 작가의 최후의 메시지다. 또한 이 한마디가 작품 해석의 가능성을 보다 넓게 만들어 준다. 대부분의 비평들이 『코뿔소』가 인간을 중시하지 않는 이데올로기에 대한 항의라고 말하는 까닭도 여기에 있다. 즉 인간보다 우월한 가치는 존재하지 않음을 강조하는 것이다. 비록 그것이 때때로 무력하고 허무하며 그 자체가 부서지기 쉬운 가치라고 해도 말이다. 이 작품이 주는 비극의 의식에 우리가 극단적 허무주의로 추락하지 않는 것은 바로 이러한 희망의 메시지를 읽을 수 있기 때문일 것이다.

지금도 코뿔소는 삶과 꿈 사이를 배회하고 있는 듯하다! 이오네스코는 연극의 소재를 평범한 일상의 삶에서 찾았다. 그 일상은 언제라도 초현실이나 악몽으로 탈바꿈할 태세다. 작가는 삶 속에 묻혀 있는 진실을 찾기 위해, 또 미지의 것에 도달하기 위해 노력한다. 그것은 부조리한 내용을 부조리한 형태로 표현하는 연극적 작업이다. 이오네스코에게 현실과 상상의 경계는 분명치 않다. 그것은 극예술의 특징이기도 하다. 실제 인물과 사물이 환상의 도구로 사용되기 때문이다. 그러한 특성은 무대를 낯설게 보이도록 하는 동시에 친밀감을 주기도 한다. 똑같이 부조리의 문제를 다루지만 이오네스코가 알베르 카뮈와 다른 점이 이것이다. 부조리의 담론을 카뮈는 이성적, 논리적 언어로 풀어내고, 이오네스코는 비이성적, 비논리적 언어로 형상화한다. 삶이 죽음 속에 뿌리박고 있는 것처럼 진실은 사실 같지 않은 허구 속에 있다. 그래서 존재의 경이로움은 지속되고 극적 상상력, 몽상의 지평은 끝없이 확장된다.

이오네스코와 같은 극작가들은 고독과 부조리에 직면한 인간들의 불안, 이유 없는 죄의식 등을 상상력과 기억의 변형으로 묘사한다. 사건은 더 이상 복잡하지도 지속적이지도 않다. 통일성과 인과율의 법칙도 사라졌다. "연극은 정말 아무런 일도 발생하지 않는 유일한 현장이 될 수 있다. 그곳은 아무 일도 생기지 않을 수 있는 특별한 장소인 것이다." 이 장소에서 같은 것은 다른 것이며, 상호 교환도 가능하다. 희극과 비극의 구분도 없다. 음울 해학, 어둡고 우울한 웃음인 것이다. 시간도 지속도 더 이상 보편적이지 않다. 모든 인상과 느낌은 의식의 주체와 무관하다. 인간은 그저 존재의 패러디만 체험할 뿐이다. 이런 부류의 극은 심리극도 사실극도 아닌 몽환극이다. 연극은 꿈이다. 결국 이오네스코 연극은 철학, 심리학, 논리학에 대한 절망으로부터의 탈출구다. 현실에서 고립된 인간은 자기를 질식시키는 부조리한 상황과 대면하고 있을 뿐이다. 이 경우 어떻게 해야 하나? 현실에서 희망을 찾지 못한다면, 상상과 몽환 속에 칩거할 수밖에 없다. 몽상, 꿈, 비상(飛翔), 빛…… 이들은 자유의 상징이다. "아방가르드, 그것은 자유다!" 이 작가에게 연극은 삶과 꿈의 교통이다. 꿈을 꾸면서 존재하는 세상과 존재하지 않는 세상, 존재할 수 있는 세상을 동시에 넘나들 수 있다.

2023년 6월
박형섭

작가 연보

1909년   루마니아 슬라티나에서 태어났다.(아버지는 루마니아인
        외젠 이오네스쿠(Eugen Ionescu), 어머니는 프랑스인 테레
        즈 이카르(Thérèse Ipcar))

1911년   가족이 파리로 이주했다.

1916년   부모가 이혼했다.

1917년   1919년까지 프랑스 라발 마이엔 샤펠-앙트네즈에 체류
        했다.

1922년   루마니아 부쿠레슈티 생-사바 중학교에 입학했다.

1929년   루마니아 부쿠레슈티대학교 프랑스 문학부에 입학했다.

1930년   문학과 예술 비평 텍스트를 다수 발표했다.

1931년   시집 『작은 존재들을 위한 엘레지(Elegii pentru ființe
        mici)』를 출간했다.

1934년   평론『거부(Nu)』를 출간했다.

1936년   『빅토르 위고의 삶과 죽음(Viaţa grotesc şi tragic a lui
          Victor Hugo)』과『위골리아드(Hugoliade)』를 출간했다. 로
          디카 브릴레아누와 결혼했다.

1938년   박사 학위 논문인 「보들레르 이후 프랑스 시에 나타난
          원죄와 죽음」을 쓰기 위해 프랑스 파리에 체류했다.

1939년   샤펠-앙트네즈를 방문했다.

1942년(혹은 1943년) 이오네스코 가족이 마르세유로 이사했다.

1945년   1960년까지 파리 클로드-테라스 가(街)에 머물렀다.

1948년   아버지가 사망했다. 루마니아어로 쓴 「대머리 여가수(La
          Cantatrice Chauve)」 초고를 탈고했다.

1950년   파리 녹탕빌 극장에서 「대머리 여가수」(니콜라 바타유
          연출) 초연. 「수업(La Leçon)」, 「자크 혹은 복종(Jacques ou
          la Soumission)」, 「인사」를 발표했다.

1951년   포쉬 극장에서 「수업」(마르셀 퀴블리에 연출) 초연. 「의자
          (Les Chaises)」, 「스승」, 「자동차 전시장」, 「미래는 달걀 속
          에 있다」를 발표했다.

1952년   랑크리 극장에서 「의자」(실뱅 돔 연출) 초연. 「대머리 여
          가수」와 「수업」이 재공연되었다.

1953년   카르티에 라탱 극장에서 「의무의 희생자(Victimes du
          devoir)」(자크 모클레르 연출) 초연. 위셰트 극장에서 자
          크 폴리에리 연출 「스승」, 「결혼할 처녀」, 「자동차 전시
          장」 등 공연. 「아메데 혹은 어떻게 그것을 제거할 것인가
          (Amédée ou Comment s'en débarrasser)」, 「새로운 세입자」

를 탈고했다.

1954년 연극총서 제1권(갈리마르) 출간.《누벨 르뷔 프랑세즈》에
소설 「깃발(Oriflamme)」 발표. 바빌론 극장에서 「아메데
혹은 어떻게 그것을 제거할 것인가」(장마리 세로 연출)가
초연되었다.

1955년 위셰트 극장에서 로베르 포스텍이 연출한 「자크 혹은
복종」과 「그림」이 초연되었다.

1956년 스튜디오 샹젤리제에서 「알마의 즉흥극」(모리스 자크몽
연출)이 초연되었다.

1957년 「대머리 여가수」와 「수업」 재공연.(이오네스코가 1994년
3월 28일 타계할 때까지 위셰트 극장에서 11,944회 공연,
현재까지 최장기 공연 중) 시테 위니베르시테 극장에서
「미래는 달걀 속에 있다」(장뤽 마뉴롱 연출) 초연.『코뿔
소(Rhinocéros)』를 발표했다.

1959년 레카미에 극장에서 「무보수 살인자(Tueur sans gages)」(조
제 카글리오 연출) 초연. 독일 뒤셀도르프 샤우슈필하우
스에서 「코뿔소」(카를하인츠 슈트룩스 연출) 초연되었다.

1960년 파리 오데옹 극장에서 「코뿔소」(장루이 바로 연출) 공연,
런던 로열 코트 극장에서 「코뿔소」(오손 웰즈 연출)가 상
연되었다.

1962년 「두 사람의 망상」 탈고. 단편소설집 『대령의 사진
(La Photo du Colonel)』 출간. 「왕은 죽어가다(Le Roi se
meurt)」와 「공중보행자(Le Piéton de l'air)」 탈고. 알리앙스
프랑세즈 극장에서 「왕은 죽어가다」(자크 모클레르 연출)

초연. 『노트와 반노트(Notes et contre-notes)』(갈리마르) 출간. 독일 뒤셀도르프 샤우슈필하우스에서 「공중보행자」(카를하인츠 슈트룩스 연출)가 초연되었다.

1963년   파리 오데옹 극장에서 「공중보행자」(장루이 바로 연출)가 상연되었다.

1964년   독일 뒤셀도르프 샤우슈필하우스에서 「갈증과 허기(La Soif et la faim)」(카를하인츠 슈트룩스 연출)가 초연되었다.

1966년   코메디 프랑세즈에서 「갈증과 허기」 공연. 클로드 본푸아와의 대담을 담은 『이오네스코의 대화』가 출간되었다.

1967년   『단편 일기(Journal en miettes)』를 출간했다.

1968년   『과거의 현재 현재의 과거(Présent passé passé présent)』(메퀴르드 프랑스)를 출간했다.

1969년   『발견(Découvertes)』(주네브 스키라)을 출간했다.

1970년   아카데미 프랑세즈 회원 선출. 몽파르나스 극장에서 「살인 놀이(Jeux de Massacre)」(조르주 라블리 연출) 공연. 질베르 타랍과의 대담을 담은 『이오네스코의 대화』 출간. 주네브 이올라스 갤러리에서 회화 개인전을 열었다.

1972년   라 리브 고쉬 극장에서 「막베트(Macbett)」(자크 모클레르 연출)가 초연되었다.

1973년   파리 모던 극장에서 「끔찍한 사창가!(Ce Formidable bordel!)」(자크 모클레르 연출) 초연. 소설 『외로운 남자(Le Solitaire)』(메퀴르드 프랑스)를 출간했다.

1975년   아틀리에 극장에서 자크 모클레르 연출, 외젠 이오네스코 주연 「가방을 든 남자」가 초연되었다.

1977년   평론 『해독제(Antidotes)』(갈리마르)를 출간했다.

1978년   마레 극장에서 「의자」(자크 모클레르 연출)가 재공연되었다.

1979년   『문제의 인간(Un Homme en question)』(갈리마르) 출간.

1980년   뉴욕 구겐하임 극장에서 「무덤 속의 여행(Voyages chez les morts)」(베르만 연출)이 초연되었다.

1981년   『백과 흑』(갈리마르), 『무덤 속의 여행』(갈리마르)을 출간했다.

1982년   스위스 루가노, 생갈, 발, 그리스 아테네 등에서 회화 개인전을 열었다. 브라질, 독일, 대만에서 오페라 「의자」가 공연되었다.

1983년   프랑스 파리, 니스, 릴, 스트라스부르, 르아브르, 안시 등에서 「스펙터클 이오네스코(Spectacle Ionesco)」(로제 플랑숑 연출) 공연. 스위스 로카르노, 독일 뮌헨, 만하임에서 회화 개인전을 열었다.

1984년   독일 베를린, 스위스 생갈, 이탈리아 볼로냐, 프랑스 파리(그랑팔레) 등에서 회화 개인전을 열었다.

1985년   독일 뮌헨에서 오페라 「왕은 죽어가다」 공연. 인스부르크, 잘츠부르크, 쾰른 등에서 회화 개인전을 열었다.

1988년   『간헐적 탐구(La Quête intermittente)』(갈리마르) 출간. 이탈리아 리미니에서 오페라 「막시밀리언 콜베(Maximilien Kolbe)」가 공연되었다.

1989년   프랑스 아라스에서 오페라 「막시밀리언 콜베」가 공연되었다.

1991년   이오네스코 전집 플레이아드(Pléiade) 총서를 출간했다.

1994년   85세를 일기로 3월 28일 사망. 파리 몽파르나스 묘지에 안장되었다.

세계문학전집 **422**

코뿔소

1판 1쇄 펴냄 2023년 8월 15일
1판 4쇄 펴냄 2024년 7월 16일

지은이 외젠 이오네스코
옮긴이 박형섭
발행인 박근섭, 박상준
펴낸곳 (주)민음사

출판등록 1966. 5. 19. (제 16-490호)
서울특별시 강남구 도산대로1길 62(신사동) 강남출판문화센터 5층 (우편번호 06027)
대표전화 02-515-2000 팩시밀리 02-515-2007
www.minumsa.com

한국어 판 ⓒ (주) 민음사, 2023. Printed in Seoul, Korea

ISBN 978-89-374-6422-5 04800
ISBN 978-89-374-6000-5 (세트)

세계문학전집 목록

세계문학전집은 계속 간행됩니다.